Non Élucidé

N.H. Alem

Non Élucidé

Roman

© 2024 N.H. Alem

Édition : BoD • Books on Demand GmbH, In de Tarpen 42, 22848 Norderstedt (Allemagne)
Impression : Libri Plureos GmbH, Friedensallee 273, 22763 Hamburg (Allemagne)

Couverture : N.H. Alem

Photo de couverture : Marissa Grootes sur Unsplash

Ceci est une œuvre de fiction.

ISBN : 978-2-3225-2256-9
Dépôt légal : Novembre 2024

Loi n°49-956 du 16 juillet 1949 sur les publications destinées à la jeunesse, modifiée par la loi n°2011-525 du 17 mai 2011

CHAPITRE 1

Je suis prise au piège.

Cachée, comme une gamine, sous le bureau de madame Dupré. J'aurais pu m'en sortir, si elle n'avait pas terminé sa pause-café un peu trop tôt.

–Mademoiselle Bensalah, dehors, lâche-t-elle de sa voix calme.

Inutile de jouer la morte, elle sait très bien où je suis. Autant abréger mes souffrances. Je rampe hors de ma cachette, me redresse avec toute la dignité dont je peux disposer, et je dis :

–Désolée, madame.

Oui, je sais. C'est très adulte. Je fais vraiment mes vingt ans, là.

Je suis debout derrière le bureau en inox de la directrice. Directrice qui se trouve face à moi, comme si je l'avais convoquée. Ce serait presque drôle, si je n'étais pas dans les ennuis jusqu'au cou. Le bureau est ultra-désordonné, mais ce n'est pas ma faute. Je veux dire, je me suis peut-être fait grillée, mais je ne suis pas non plus une débutante ! Dieu merci !

Madame Dupré me détaille d'un œil sévère. Ceci dit, elle a toujours l'air sévère. Elle est grande, imposante (on n'a pas envie de se bagarrer avec elle), et ses yeux donnent toujours l'impression d'être idiot. Mais... je sais qu'elle m'adore !

–Vous dites cela à chaque fois, mademoiselle Bensalah, réplique Madame Dupré dans une expression impassible.

–Je sais..., je lâche dans un souffle. Désolée...

Je pince les lèvres : elle me fait les gros yeux. Elle déteste que je m'excuse toutes les demi-secondes. Pour ma défense, que voulez-vous dire d'autre, quand vous venez de vous faire pincer ?

Elle lisse son tailleur-pantalon noir et s'approche de moi en faisant claquer ses talons. Là, je réalise pleinement à quel point c'est dur, parfois, de mesurer un mètre cinquante. Elle me toise de ses petits yeux gris :

–Mademoiselle Bensalah, articule-t-elle après une éternité. Combien de fois vais-je devoir vous répéter que vous n'êtes *pas* autorisée ni à fouiller dans mon bureau, ni à partir en mission, *ni à fouiller dans mon bureau* ?

Je ne dis rien : c'est inutile, nous connaissons toutes les deux la réponse. Et comme elle ne lui fera pas plaisir, je préfère fermer ma bouche.

Pour ma défense, j'étais dans ce bureau pour les dossiers, par pour la pièce en elle-même. Certains agents ont le droit de partir en missions d'entraînement, je voulais juste voir, vu que je n'ai pas été sélectionnée.

Madame Dupré continue de me transpercer avec son regard. Je vous le disais : elle m'adore !

Elle jette un œil à sa montre tactile, puis reporte son attention sur moi :

–Allez déjeuner avec vos coéquipiers. Et, puisque vous aimez vous lever tôt, vous nettoierez les locaux à la place des agents d'entretien tous les matins de cette semaine.

–Oui, madame, bredouillé-je avant de m'enfuir.

–La prochaine fois, je ne serai pas aussi clémente ! ajoute-t-elle sans hausser le ton alors que je suis déjà dans le couloir.

Madame Dupré fait peur, comme ça, mais, c'est une crème, cette femme !

Je file jusqu'à la cafétéria, où je prends un plateau et m'assoie discrètement à une table vide. Je m'apprête à attaquer mon croissant lorsque quelqu'un se plante devant moi.

–T'as recommencé ! s'écrie une voix que je ne connais que trop bien.

Je lève la tête en grimaçant : Malya mesure bien plus d'un mètre cinquante. Et je suis assise. Je vous laisse imaginer comme je me sens minuscule.

–Bonjour, Lya, fais-je avec un sourire innocent.

Elle plisse ses grands yeux bruns et croise les bras :

–Ah non, pas de ça avec moi, Kenza, coupe-t-elle.

Je soupire :

–D'accord... Peut-être...

–Je le savais, grommelle Lya en s'asseyant en face de moi. Tu risques de te faire virer, Kenza. Et c'est pas bien de fouiller comme ça quand c'est pas pour le boulot.

Elle exagère. Malya exagère toujours. C'est sa grande spécialité : imaginer les scénarios catastrophe. C'est pour ça qu'elle est mieux derrière un ordinateur. Au moins, elle peut calculer ledit scénario catastrophe et essayer de l'empêcher avec un virus ou un truc du genre.

–T'as raison, je sais. Je voulais juste savoir, les autres ne disent rien ! Comment je peux savoir si j'ai le niveau si je ne sais même pas de quoi il s'agit ?

–On ne te demande pas de décréter toute seule si tu as le niveau, Kenza.

Je hausse les épaules en avalant un verre de lait. (Je ne bois pas de café, pour compléter mon profil d'adulte crédible.)

–Allez, viens, on sort faire notre footing.

Lya lève les yeux au ciel. Elle se lève et va chercher sa veste noire, l'uniforme de l'Académie, mais ne prend pas la peine de l'enfiler. Je souris et nous retournons à notre chambre, où nous mettons des vêtements civils.

–Pourquoi tu ne veux jamais faire ton footing dans la salle d'entraînement ? soupire-t-elle en sortant de derrière le paravent avec sa tenue de sport.

–Oh, arrête, réponds-je en arrangeant la mienne. Je déteste courir enfermée, sans voir la lumière.

–Les ingénieurs ont passé des années à travailler sur un moyen d'apporter la lumière naturelle jusqu'ici, et toi, tu fiches tout ça en l'air, dit-elle en me bousculant devant le miroir pour appliquer de la crème hydratante sur sa peau brune. En plus, il fait froid, dehors, ça dessèche la peau.

On est en avril, notez bien.

–Allez, ça fait du bien, de respirer de l'air frais !

–Oui, c'est sûr, quoi de mieux que l'air pollué de Lyon ?

–Arrête de te plaindre ! Bon, disons que ce soir, *incha'Allah*, je veux bien faire le cobaye pour ton truc, ça va ?

Son regard s'illumine :

–C'est vrai ? Super !

Lya correspond à ce qu'il y a de plus proche de moi d'un savant fou. Elle passe son temps à griffonner des équations que je ne cherche même plus à comprendre, tant ce qu'il y a dans son cerveau est un mystère. Quoi qu'il en soit, ses inventions loufoques ont souvent besoin d'un cobaye. Et c'est souvent moi, le cobaye. Et c'est souvent dangereux, comme boulot.

Sur ce, elle se catapulte hors de la chambre, et nous allons prendre l'ascenseur en acier.

« Identification rétinienne », affiche l'écran.

Lya approche son œil du lecteur rétinien dissimulé dans le bouton pour appeler l'ascenseur.

« Agent en formation Samba. Accès autorisé. »

Je l'imite.

« Agent en formation Bensalah. Accès autorisé. »

Les portes en acier se referment sur nous, et nous montons les trois étages qui nous séparent de la surface de la Terre. Nous n'avons même plus à sortir nos cartes, parce que Florent nous fait un clin d'œil et nous ouvre la porte. Il faut dire que je traîne Lya en dehors de l'Académie dès que je peux.

Ce n'est pas ma faute s'ils nous tiennent enfermés au sous-sol comme des hamsters.

–Allons-y, me presse Lya en me dépassant au pas de course.

Là, je me rends compte que j'ai fait une boulette, en me proposant pour tester ses gadgets. Je le regrette déjà.

–Allez ! crie-t-elle à nouveau.

–J'arrive ! lui réponds-je en la rejoignant, m'éloignant à grandes enjambées de mon lieu de formation, mais aussi de mon futur lieu de travail.

Ah, j'aurais peut-être dû commencer par là.

Je m'appelle Kenza Bensalah, et je suis agent en formation pour Interpol.

CHAPITRE 2

J'ai gagné la course, au cas où vous vous poseriez la question.

—Allez ! charrié-je Lya en l'attendant devant notre boulangerie préférée.

—Je ne sais pas pourquoi tu me forces à t'accompagner, tu ne m'attends jamais, s'agace-t-elle.

C'est juste que j'ai l'esprit de compétition. Ce que j'estime être une qualité pour un agent secret. Voire pour un être humain.

Cela fait deux ans que j'étudie à l'Académie, depuis que j'ai dix-huit ans. Ceci dit, j'avais déjà été sélectionnée bien avant d'avoir mon bac. L'Académie est un lieu très secret, et très select aussi. J'ai été repérée parce que j'avais passé des tests pour entrer dans une école de surdoués. Enfin, ça, c'est ce que je croyais : ce fut ma première rencontre avec la directrice. C'est peut-être depuis ce jour qu'elle m'aime autant...

Je ne raconterai pas cet épisode. *Jamais.*

—D'accord, je t'invite, pour me faire pardonner, lancé-je.

—T'as intérêt ! s'exclame Lya.

Elle me prend toujours par les sentiments. Ce qui est injuste, parce que je suis une fille plutôt émotive. Dieu merci, je suis aussi bonne comédienne, donc très peu de gens sont au courant.

—Salut, Gaby ! dis-je joyeusement en entrant dans la boulangerie.

—Ah ! Salut, les filles ! répond une voix.

Nous fronçons les sourcils en cherchant Gaby. Il surgit enfin de derrière le comptoir.

Il est plutôt petit, roux, avec des cheveux bouclés en bataille et son éternel sourire jovial. Gabriel est le fils de Monsieur Plantard, propriétaire de la boulangerie *Plantard et fils, pains artisanaux depuis 1852.* Gaby est un mec vraiment cool. Il a pour ambition de poursuivre le business familial. En attendant, il travaille pour son père. Et il nous sert possiblement une double ration de chocolat chaud, le matin.

—Salut, sourit Lya.

C'est marrant, ça, lui, il a droit à un sourire... En fait, Lya fait comme si elle détestait venir courir avec moi –ce qui est sûrement le cas, d'ailleurs... – mais je la soupçonne de venir uniquement pour la boulangerie.

—Comme d'habitude ? nous demande Gaby en servant une tasse de café à monsieur Legrand, un vieux monsieur habitué de la boulangerie.

—Oui, s'il te plaît, confirme Lya pendant que je hoche la tête.

Nous nous asseyons sur les bancs du comptoir, pour discuter avec Gaby, comme d'habitude.

—Alors, les cours ? nous demande-t-il en faisant tourner la machine à café pour Lya.

—La routine, lancé-je. On a bientôt nos examens de fin de semestre.

Gaby hoche la tête :

—Bon courage à vous.

—Ne t'en fais pas, assure Lya. On révise bien, pas vrai, Kenza ?

Je grimace et Gaby éclate de rire.

—Bon, j'y connais rien en sciences po, mais si vous avez besoin de plus de café, n'hésitez pas à passer !

Bien sûr que Gaby ne sait pas que nous sommes des agents en formation. Un jour, alors que Lya et moi parlions des tensions entre la Chine et les États-Unis pour notre cours de diplomatie, Gaby nous a surprises et on a dû lui faire croire qu'on étudiait les sciences politiques. Ce qui est vrai. On a juste quelques autres autres cours qui n'ont rien à voir.

—Avec plaisir ! Je sens qu'il va me falloir des litres de café ! fait Lya en riant.

Soudain, elle fixe sa montre et panique :

—Kenza, il faut qu'on y aille !

Elle m'entraîne par le bras avant que je n'ai pu finir ma boisson. Je me contente d'attraper mon croissant et je fais un signe à Gaby. Je me retourne juste à temps pour saluer Gaby, et j'aperçois un mec que je n'avais jamais vu. Il fixe son portable, mais j'ai senti qu'il me regardait. Comme Lya me traine toujours par le bras, je n'ai pas le temps de l'observer d'avantage.

—À demain !

Lya et moi repartons au pas de course jusqu'à l'Académie. Une fois rentrées, nous nous lavons et revêtons rapidement nos uniformes. Je trouve l'uniforme de l'Académie plutôt classe. Il est composé d'une veste noire (à l'épreuve des balles) en cuir souple avec le logo blanc de l'Académie sur le cœur, d'un pantalon noir (aussi chaud et aussi léger que possible) et de solides bottes de combat noires (elles, par contre, ne sont pas du tout légères. La directrice dit que c'est pour nous entraîner à être plus rapides.). Lya et moi, on bricole avec des T-shirts longs pour entrer dans les normes religieuses qui sont les nôtres, parce que sinon ça le fait pas du tout. T-shirts noirs, bien sûr.

Oui, ils aiment le noir, dans mon Académie.

Après cela, on se dépêche de nous rendre à la salle d'entraînement, où la plupart des élèves réalisent leur échauffement matinal. Nous rejoignons en vitesse le rang des deuxième années. Nous échangeons quelques banalités avec nos coéquipiers, jusqu'à ce que nos montres vibrent contre nos poignets. Là, nous nous taisons, et nous nous tenons droits, en rang serrés.

À sept heures trente précisément, la directrice et le corps enseignant arrivent dans la salle. Madame Dupré pianote sur sa montre tactile, et une estrade sort du mur du fond. Comme tous les jours, ils grimpent sur l'estrade, se plantent devant nous, la directrice au centre, et nous saluent.

Vous ai-je déjà dit à quel point Madame Dupré est impressionnante ? Peu importe, puisque je me refais la réflexion tous les jours.

—Bonjour, chers agents, dit-elle de sa voix ferme.

—Bonjour, répond toute la salle en même temps que moi.

La salle fait exactement 235 mètres carré, mais il est parfaitement inutile de fournir un micro à la directrice. Quand Madame Dupré parle, on l'écoute.

—J'espère que vous êtes en forme, ce matin. Car aujourd'hui, comme vous le savez, débute vos séances de préparation pour l'examen de fin de semestre. Je vous rappelle que vos épreuves se dérouleront dans trois semaines, et porteront sur toutes vos matières. Ainsi, la salle d'entraînement sera comme d'habitude ouverte toute la nuit, si d'aventure certains d'entre vous préfèrent s'entraîner plutôt que de regarder des séries télévisées... (Tout le monde sourit d'un air coupable.) Il en sera de même pour la bibliothèque et la salle informatique. Je vous rappelle également que votre avenir ne concerne que vous. C'est donc à vous, et uniquement à vous de travailler dur pour devenir ce que vous voulez. Notre Académie forme des agents qualifiés, qui ont choisi cette voie. Ne travaillez pas seulement pour faire honneur à votre Académie ou à vos familles. Travaillez pour vous, et pour votre avenir.

S'ensuit un léger silence. Nous hochons tous la tête avec conviction.

—Ce sera tout pour ce matin. Bonne journée, chers agents.

Nous hochons une nouvelle fois la tête, pour saluer le corps enseignant qui descend de l'estrade.

—Kenza ? demande Lya à côté de moi, pendant que tous nos coéquipiers se dispersent.

—Oui ?

—Il faut qu'on revoie notre programme de séries.

CHAPITRE 3

Jouer les cobayes pour Lya n'a rien d'amusant, vous pouvez me croire. Plus je passe de temps avec elle, et plus je me demande quelle mouche m'a piquée pour devenir amie avec cette folle.

—Arrête de bouger ! s'agace cette folle.

—Je fais de mon mieux !

Cela fait trente minutes quelle vérifie et revérifie son programme, sa machine, ses câbles, et les capteurs qu'elle a placé sur mes doigts. Cela fait donc trente minutes que je m'ennuie à mourir, incapable de rester en place.

—C'est bon ! s'exclame-t-elle au bout d'un moment.

—Enfin ! Alors ? C'est quoi, ton truc ?

—Je te pose des questions et tu y réponds, d'accord ? demande-t-elle. Tu as le droit de mentir.

—Un détecteur de mensonges ? Génial ! m'écrié-je.

Elle me fait un sourire énigmatique :

—Si tout fonctionne bien, il peut même faire mieux.

—Ah bon ? Mais quoi ?

—Tu verras. Bon, alors, c'est parti. Madame Dupré t'a punie, ce matin ?

Trop facile. Toute l'Académie connaît la réponse, inutile de mentir.

—Ouais, je dois nettoyer les locaux tous les matins de cette semaine.

Il ne se passe rien. Lya vérifie son ordinateur portable à l'emblème de l'Académie, conçu par les meilleurs ingénieurs. Parce qu'il était hors de question de laisser les géants de l'informatique récupérer nos données confidentielles, pourquoi croyez-vous que nous vivons sous terre ?!

—OK... J'ai entendu les autres en parler, de toute façon, lance-t-elle, narquoise.

Elle continue de régler deux ou trois trucs auxquels de toute façon je ne comprends rien, puis relève les yeux vers moi.

—Huuumm... Tu as aimé mon gâteau de l'autre jour ?

Non. C'était vraiment pas bon. J'adore Lya, et elle, elle adore cuisiner. Le problème est qu'elle est très mauvaise. Ses gâteaux ont systématiquement des allures de parpaing.

Et ils en ont souvent le goût, malheureusement.

—Tu t'es surpassée ! m'exclamé-je avec entrain.

Lya sourit.

—AAAAH ! hurlé-je en bondissant de ma chaise. Mais ça fait mal !

Lya ouvre la bouche, outrée :

—Ça t'apprendra, à mentir ! Le détecteur envoie une décharge électrique en cas de mensonge. Comme ça, tu ne recommenceras pas !

—Mais c'était pas un mensonge ! Je pensais ce que j'ai dit !

—Bah ton rythme cardiaque a trop varié. Faut croire que tu voulais pas que je sache que tu n'as pas aimé !

—Oh sois pas vexée ! En plus tu m'as *demandé* de tester ton truc !

—Pas sur mes gâteaux ! Enfin bref, le plus important, c'est que ça marche !!! dit-elle en brandissant son ordinateur comme un trophée.

—Oui, oui, super, je peux enlever cet engin ? demandé-je en joignant le geste à la parole.

Je retire le petit capteur aux allures de pince à linge de mon index. Lya se lance dans son jargon d'informaticienne en pianotant frénétiquement sur son ordinateur. Ne me demandez pas pourquoi, mais Lya parle souvent toute seule, quand elle travaille. Quand je l'ai rencontrée, je croyais toujours qu'elle s'adressait à moi, alors je lui disais que je ne comprenais rien, jusqu'à qu'elle me dise « Je parle toute seule ! ».

Parce que Lya est souvent énervée, quand elle travaille. Sauf cette fois. Enfin, elle hurle toujours, mais de bonheur.

Ce qui ne change rien à l'état de mes oreilles.

—Tu te rends compte, Kenza ? fait-elle. Il faut juste que j'adapte la forme et mon détecteur ! Et si je présentais à madame Dupré, pour qu'elle en parle aux ingénieurs ?

Je souris. Voilà pourquoi je suis amie avec elle. Nous avons ce même optimisme inébranlable quand il s'agit de nos rêves.

—Bon, maintenant que dirais-tu de regarder l'épisode trente...

Je suis interrompue par un « *PIN PON PIN PON PIN PON* » à vous percer les oreilles.

« Exercice pratique. Tous les agents en formation de deuxième année sont appelés à se rendre dans la salle de briefing. », hurle la voix métallique.

—Super !

Je bondis et enfile en vitesse ma veste, ravie de ce revirement de situation.

—Pourquoi ? s'agace Lya. J'avais encore deux chapitres à étudier, aujourd'hui...

Lya déteste les exercices pratiques. Parce qu'elle est tellement parano qu'elle a du mal à être discrète. Personnellement, je les adore. En particulier parce que nous ne sommes jamais prévenus à l'avance.

—Allez, viens ! dis-je en traînant ma coéquipière jusqu'à la grande salle de briefing.

Nous entrons par la double-porte en inox (Presque tout est en inox, ici. Blindé. Pour brouiller les signaux indésirables.) avec nos coéquipiers et nous installons côte à côte à l'immense table (toujours en inox) et que le grand écran affiche le visage impassible de notre directrice. La salle est plongée dans le noir, et on distingue à peine notre professeur de terrain, Madame Khan. Elle se tient droite comme un piquet sur le côté de l'écran, pendant que Madame Dupré s'adresse à nous depuis son bureau.

—Votre mission du jour consiste à repérer cinq individus qui sont en charge de vous filer. Vous serez répartis par binômes entre le secteur de la presqu'île et celui de l'hôtel de ville.

Oh, j'adore les exercices de terrain ! Inévitablement, Lya est mon binôme attitré. Même si elle n'aime pas être sur le terrain, elle a une capacité d'analyse impressionnante. Que Dieu la garde.

En contre-espionnage, tout le monde est une cible. Le fileur comme le filé. La frontière entre réussite et échec est donc infime, et c'est pour ça qu'on doit faire très attention, et s'entourer des bonnes personnes.

Le visage de Madame Dupré disparaît, et Madame Khan se plante devant nous pendant que les lumières s'allument, nous agressant les yeux au passage.

—Bien, les instructions sont-elles bien comprises ?

Deux mains se lèvent.

—Parfait, poursuit-elle en pivotant pour arpenter la pièce, faisant s'envoler sa queue-de-cheval brune. Vous allez tous vous rendre dans le secteur indiqué, en veillant à ne croiser personne. Si vous vous apercevez que vous empruntez le même chemin qu'un autre binôme, changez immédiatement de direction ou de moyen de transport. Vous êtes attendus ici-même dans trois heures exactement. Maintenant sortez.

Nous nous levons tous et sortons à la hâte, mais avec la discipline qu'on nous inculque ici depuis bientôt deux ans. Lya et moi filons nous habiller en civiles, vêtues de jeans, de T-shirts à messages et de petites vestes. J'enfile mes chaussures de sport, tandis qu'elle sort une veste en cuir rouge de son placard. Nous nous dépêchons de rejoindre le centre commercial. Nous nous fondons dans la masse, et attrapons le premier tram qui passe.

—On va à l'hôtel de ville ? demande ma coéquipière en regardant distraitement son téléphone.

—Ouais, dis-je d'un ton faussement las en ajustant mes boucles d'oreilles dans la vitre du tramway, mastiquant un chewing-gum.

Les doigts de Lya tremblent légèrement, comme à chaque opération de terrain. Il y a deux ans, mon cœur battait si fort que je ne tenais presque plus sur mes jambes. Depuis, j'ai appris à gérer la situation, grâce à Dieu, et à me canaliser pour m'aider à réfléchir. Pendant que je m'attaque maintenant à replacer mon foulard, je remarque dans la vitre deux yeux posés sur nous.

Regarder tout et tout le monde est un réflexe. En particulier quand on ne peut pas nous voir.

Je me tourne vers Lya et commence une discussion insipide avec elle tout en jetant un œil à leur propriétaire, toujours par le biais du reflet de la vitre. Il ne nous regarde plus, et je détourne mon attention de lui, songeant que nous ne sommes pas encore au départ de l'exercice, et que je me balade avec le mannequin qui me sert de coéquipière, que Dieu la garde. Oubliant cette histoire, je me reconcentre sur la mission.

Nous descendons à une correspondance avec le métro, que nous empruntons jusqu'à l'hôtel de ville, à Lyon 2. Nous nous plantons devant l'imposant bâtiment couleur blanc cassé, au beau milieu des passants.

—Bon, on mange un morceau ? proposé-je à Lya en scrutant la foule d'un œil attentif derrière ma casquette Dragon Ball Z.

Elle hoche la tête sans me regarder et nous nous perdons parmi la foule. Nous nous prenons par le bras et nous mettons à parler d'histoires de fac complètement imaginaires sur un certain Thomas qui aurait demandé à une certaine Léonie de lui donner les sujets d'examens de mi-semestre, parce qu'elle connaît un certain... etc. Comme tous les autres binômes, Lya et moi sommes entraînés à lancer et poursuivre une bonne douzaine de conversations plus futiles les unes que les autres pour passer inaperçues dans les rues de la ville. Le type de conversations tellement futiles que personne n'a envie de les suivre plus de trente secondes, et dans lesquelles il est possible de glisser des noms de codes et autres informations détournées.

—Oh, je crois que je reconnais cette personne, là-bas, fait Lya en pointant la direction opposée à l'endroit qu'elle souhaite me montrer.

Je cherche donc l'informateur des yeux dans un geste ample pour pouvoir regarder dans la direction opposée. Il y a en effet un homme, assis sur un banc, qui lit son journal dans une position légèrement trop crispée pour être naturelle.

—Ça t'ennuie si je vais le voir ? demande encore Lya.

—Non, pas du tout, vas-y, assuré-je joignant le code gestuel à la parole.

Elle s'éloigne à grands pas vers le garçon imaginaire, et je la voix se couler derrière un bâtiment. Pendant ce temps, je sors mon portable et je brandis mon téléphone comme si je prenais en photo l'hôtel de ville. J'ai alors tout le loisir de regarder « Monsieur Journal ». Il jette plusieurs coups d'œil alentour, semblant chercher quelqu'un. Quand je me retourne, elle est près de lui. Elle se baisse pour refaire son lacet, facilitant ainsi la passe. Au cours de la passe, notre cible doit nous remettre un petit billet, preuve qu'on l'a grillée.

Quand je vois Lya revenir en hochant la tête, je souris : gagné ! Plus que quatre !

Cette fois, si Dieu le veut, ça peut le faire !

Lya revient vers moi, et nous poussons un cri hystérique en même temps. Nous nous prenons par le bras et continuons notre route pendant que Lya me raconte son entrevue imaginaire.

Nous avons repéré quatre fileurs, jusqu'ici : Monsieur Journal à l'hôtel de ville, Miss Paillettes près de Bellecour, Maman Poule vers l'école maternelle et Skateur sur le pont. Il ne nous en reste plus qu'un et nous pourrons rentrer. Je sens la bonne note, *incha'Allah* !

—Franchement, ça se passe super bien ! lancé-je en regardant l'heure sur mon portable. On est carrément dans les temps !

—Oui, on se débrouille bien, Dieu merci, reconnaît Lya.

Je souris et nous continuons de marcher.

Plus tard, alors que nous flânons depuis une demi-heure, je ne vois toujours personne. Je commence paniquer lorsque j'aperçois un garçon qui nous croise pour la seconde fois en dix minutes. Il a changé de veste entre-temps, mais je reconnais son visage.

—On se prend un sandwich là-bas ? demandé-je à Lya en pointant droit devant moi du menton.

—OK, mais je fais un tour par-là d'abord.

Nous nous séparons pour prendre notre fileur en sandwich. J'arrive la première, et je remarque alors que ce garçon est celui que j'ai vu dans le tram en venant.

Autrement dit, nous avons perdu trente minutes parce que j'ai ignoré mon intuition. C'est pas grave, ça me fait une bonne leçon.

Et nous l'avons ! Lya et moi interpellons le brun en même temps. Il nous regarde d'un air assassin. Ce doit être dans sa couverture. Je vais l'appeler « Grincheux ».

—Salut ! lance Lya, comme si nous formions un groupe de copains.

Elle pointe le sac à dos de Grincheux dans une attitude qui laisse à penser qu'ils sont très amis. Grincheux suit son doigt des yeux en fronçant les sourcils.

—Hé, je crois, qu'il y a un fil qui dépasse de ton sac.

—*Excyouseey-moi* ? demande-t-il avec un fort accent anglais, non sans garder son air renfrogné.

Lya hausse les sourcils, décontenancée. Je m'apprête à décréter haut et fort que je l'ai vu nous suivre depuis l'Académie, quand je prends conscience d'une chose : on vient effectivement de griller ce mec, mais ça n'a rien à voir avec l'exercice pratique.

CHAPITRE 4

—*Oh, sorry, it's a mistake !* déclaré-je en entraînant Malya par le bras.

Elle me lance un regard complètement perdu pendant que je l'éloigne.

—Mais..., bredouille-t-elle. J'étais sûre que...

Nous entrons dans le premier magasin venu, et je la coince entre deux rayons vides.

—Je l'ai vu tout à l'heure, décrété-je. Dans le tram. Et il n'a pas été envoyé par la dirlo.

Elle fronce les sourcils.

—Quoi ? Et pourquoi tu ne m'en as pas parlé ?

—Parce que je pensais que c'était un gars normal... Mais c'est pas le problème.

Elle regarde discrètement par la vitre du magasin.

—Et on fait quoi ?

—Je ne sais pas ! Dis-moi, toi !

C'est vrai, la plus réfléchie de nous deux, c'est elle. Sauf qu'elle a tendance à paniquer, quand elle ne contrôle pas tout. Ce qui, comme chacun sait –devrait savoir, du moins–, est impossible. Donc, comme souvent, Lya commence à paniquer.

—Mais... Mais...

—Hé, Lya, du calme, chuchoté-je. Ce n'est jamais qu'un mec, il ne va pas nous manger ! plaisanté-je.

Elle sait pertinemment que je dis ça uniquement à l'attention des gens qui auraient pu nous écouter. C'est pourquoi elle continue à paniquer.

—Bon... Bon, bon, bon...

—Deux options, je finis par dire en prenant deux cintres sur un portant.

Je les brandis devant elle. Je lève d'abord un chemisier rouge :

—On ose la couleur, avec un risque de fashion faux pas (Ce que vous venez de lire est une totale improvisation. Je vous garantis que jamais à l'Académie on ne nous a enseigne de code « fashion faux pas ». Mais j'essaie de parler à Lya dans sa langue.). (Elle me lance un regard horrifié.) Ou... (Je brandis une jupe longue.) on reste dans notre zone de confort. (Lya hoche vivement la tête à plusieurs reprises, comme une enfant soulagée de ne pas se faire punir.) Ou... (Elle fronce les sourcils, parce que personne n'avait évoqué de troisième option.)

—Non, devance-t-elle. Non, non, non, non, je sais ce que tu veux dire, mais c'est non.

Je superpose le chemisier et la jupe avec un sourire.

—Ou... on opère un savant mélange des deux, je conclus, satisfaite.

Lya secoue la tête. Je renonce à mon code et je repose mes cintres.

—On en parle quand on sera rentrées, *incha'Allah* ? hasardé-je.

Nous rentrons à l'Académie dans un silence assourdissant. Le garçon avait disparu, le temps que nous soyons ressorties, ce qui a eu pour double effet de nous paniquer et de nous soulager en même temps. Dans le tram, Lya se ronge ses faux ongles amovibles à un tel point que j'ai peur qu'elle les fasse tomber. Quant à moi, je regarde par la fenêtre, songeuse. Je peux faire confiance à mon intui...

—Oh non, lâché-je.

—Quoi ? demande anxieusement Lya.

—La boulangerie. Ce matin.

—Quoi aussi ?! Je ne l'ai même pas reconnu, s'écrie-t-elle. *SubhanAllah* !

Moi non plus. J'ai mis un temps formidable à recoller les évènements d'une même journée. Tout ça parce que j'étais persuadée que je faisais une erreur... Résultat : j'ai fait une erreur.

Nous rentrons bien après les autres, et nous n'avons que quatre suspects sur cinq. On va morfler, j'en ai peur. Que Dieu nous protège !

—Toutes mes félicitations, lâche Madame Khan quand nous faisons une entrée pitoyable dans la salle de briefing. Vous êtes les dernières, mesdemoiselles.

Je la défie un instant du regard, agacée de son air condescendant. Elle m'ignore et nous désigne nos chaises, sur lesquelles nous nous enfonçons jusqu'à disparaître. Madame Khan continue son débriefing, pendant que les autres nous dévisagent du coin de l'œil et que nous faisons mine de ne pas les voir.

—Bien, sortez, ordonne-t-elle de sa voix tranchante à la fin d'un débriefing que je n'ai pas écouté.

Tous se lèvent dans un silence encore plus assourdissant que d'habitude.

—Sauf vous deux, précise-t-elle.

Pas besoin de la regarder pour savoir à qui elle s'adresse : Lya et moi restons assises pendant que les autres nous sourient d'un air encourageant en rejoignant leurs chambres.

—Inutile de vous dire que je suis extrêmement déçue, déclare Madame Khan en s'asseyant face à nous. J'ai rarement vu d'exercice aussi catastrophique. Il va falloir vous ressaisir, jeunes filles.

Je reste droite en attendant la fin de son sermon. Lya, elle, baisse la tête, accablée.

—Avez-vous quelque chose à dire, mademoiselle Bensalah ? demande Madame Khan en me toisant.

Je reste impassible : je déteste son air suffisant. Oui, on a raté cette opération. Ce n'est pas une raison pour nous parler comme ça. Je décide d'assumer pour nous deux :

—Oui. C'est ma faute, si nous avons échoué. J'assume l'entière responsabilité de cet échec. Malya n'y est pour rien.

—Kenza, gronde ma copine d'une voix sourde.

Madame Khan hausse un sourcil :

—Une équipe, mademoiselle Bensalah, fonctionne, comme son nom l'indique, en *équipe*. Vous assumerez toutes les deux la responsabilité de votre cuisant échec. Maintenant sortez.

Je me lève sans un bruit et fixe ma professeure juste assez longtemps pour lui signifier qu'elle m'agace au plus haut point – ce qu'elle sait déjà, et lui passe au-dessus, ce qui m'agace au plus haut point. Lya et moi regagnons notre chambre dans un silence pathétique, qu'elle brise une fois la porte refermée.

—Pourquoi tu as dit ça ?

—C'était vrai, dis-je simplement en haussant les épaules.

—Non, objecte-t-elle. (Elle fait les cent pas dans la chambre.) On aurait dû lui dire.

-On a dit qu'on verrait ça toutes les deux, et si on a raison, on en parle la Madame Dupré, *incha'Allah,* plaidé-je.

Lya soupire, continuant de ronger ses ongles orange vif.

—Je n'aime pas ça...

Je me laisse tomber sur mon lit et je fixe le plafond. Au bout d'un moment je me redresse :

—Il faut qu'on l'attrape, décrété-je.

—QUOI ?! s'étrangle Lya.

—Si on l'attrape et qu'on peut prouver à Khan qu'on avait une bonne raison de rater l'exercice, elle nous croira, si Dieu le veut ! Et elle la ramènera moins !

—Avoue que c'est surtout ça, qui t'intéresse, s'agace Lya. Kenza, c'est une mauvaise idée. Et quand je dis mauvaise, je veux dire qui peut nous attirer des ennuis vraiment énormes.

Elle a raison. Comme bien souvent. Sauf que je ne vois pas d'autre moyen de...

—Les caméras de surveillance ! m'exclamé-je. Tu peux le faire ! Hein, que tu peux ?

Lya prend son air de grande sœur en colère. C'est vrai que c'est le rôle que je lui donnerais.

Je crois que c'est naturel, chez elle. Elle a deux petits frères, et ils lui manquent beaucoup, pendant la semaine. Résultat : c'est bibi qui se coltine ses humeurs de grande-sœur surprotectrice. Pour ma part, je suis fille unique, mais j'avoue que si j'avais une grande sœur, je voudrais que ce soit Lya. Elle veille toujours sur moi, et je ne la remercierais jamais assez pour ça. Que Dieu la garde. Elle est si douce, si compréhensive, si...

—Kenza, écoute-moi bien : on ne va *pas* se lancer dans une enquête pour découvrir qui est ce type au risque de se jeter dans les ennuis jusqu'au cou, c'est clair ?

Mince... C'est exactement ce que je voulais faire. Il va falloir que je la prenne par les sentiments.

—Je joue les cobayes pour une semaine entière, déclaré-je solennellement.

Elle secoue la tête.

—Même pas en rêve, Kenza.

—Deux semaines.

Elle continue de me foudroyer du regard, mais je vois qu'elle tique du sourcil : elle hésite, bingo ! Plus qu'à lui porter le coup de grâce.

—Et tu pourras me faire goûter tous les gâteaux que tu veux.

—OK, finit-elle par dire, résignée. Et déjà, si Dieu le veut, pour commencer. Mais à deux conditions.

Ah, nous y voilà : les fameuses recommandations et exigences qui permettent à Lya de se donner bonne conscience quand on enfreint les règles.

Quoi ? Pas du tout ! Ça n'arrive pas plus de deux ou trois fois... par mois.

—Ce que tu veux, dis-je docilement.

Elle lève l'index, gardant son air sévère comme si elle ne savait pas pertinemment que je viens de la rouler.

—D'une, on ne fonce pas tête baissée sans avoir au préalable monté un plan digne de ce nom. De deux, si on se rend compte qu'effectivement ce type est dangereux, on prévient Madame Dupré...

—Sur-le-champ, oui, oui, si Dieu le veut, la coupé-je. On peut s'y mettre, maintenant ?

Avec une grosse moue, ma camarade ouvre son ordinateur portable et se met à pianoter dessus pendant plusieurs minutes, grommelant de temps à autres « Je sens que je vais le regretter. ».

Bien sûr que nous ne devrions pas faire ça. Mais le simple fait que nous ayons croisé ce garçon trois fois aujourd'hui montre une chose : il nous suivait, *nous*. Pas un membre de l'Académie au hasard, mais bien Lya et moi. Et c'est tout ce qui rend la situation personnelle. Alors nous nous occupons de lui *personnellement*.

—J'y suis, déclare Lya après 3 minutes 46 sans quitter l'écran des yeux.

Elle retrouve sans mal la bonne caméra pendant que je me penche par-dessus son épaule. Elle clique sur l'image en noir et blanc, qui s'agrandit jusqu'à recouvrir tout l'écran. Ma coéquipière grignotte encore un peu son ongle et remonte jusqu'à l'heure où nous y étions.

—C'était seize heures quarante-deux, l'informé-je.

Lya hoche la tête et les images défilent en accéléré, montrant des gens qui marchent à reculons et des voitures rouler en sens inverse. Je trouve ça plutôt drôle.

—Là, souffle-t-elle au bout d'un moment.

Nous scrutons l'écran des yeux jusqu'à ce que je pointe subitement le doigt sur l'écran.

—Ici !

Lya retire mon doigt en marmonnant sur « un écran de haute qualité, *subhanAllah* », puis plisse ses grands yeux marrons jusqu'à reconnaître notre suspect.

—Parfait. Il faut qu'on détermine quand est-ce qu'il est arrivé ici. Si il y était avant nous, il n'y a rien à craindre, et c'était juste une... coïncidence... ?

Je claque la langue. Je déteste ce mot. Et se cacher derrière une coïncidence, c'est ce que je fais depuis ce matin, alors hors de question de réitérer mon erreur.

—Pourquoi est-ce qu'il nous suivrait, autrement ? argué-je alors qu'elle remonte dans le temps en image par image. Il était à la boulangerie, ce matin. *Notre* boulangerie.

—Plein de gens viennent chez Plantard, objecte Lya d'une voix concentrée.

—Pas lui, décrété-je. Je m'en souviendrais.

—Je commence à croire que tu as imaginé toute cette histoire juste pace qu'il t'intrigue, ricane Lya.

—Bien sûr qu'il m'intrigue, réponds-je en ignorant son sous-entendu. Il nous suit. D'ailleurs je ne comprends pas pourquoi tu tiens à oublier cette histoire.

—Tiens, le voilà, dit-elle sans me répondre. Sa première apparition.

—On est arrivées à peine trente secondes plus tôt. Si c'est pas une preuve, ça !

Lya fait la moue, et je m'assoie tranquillement sur mon lit pendant qu'elle tente désespérément de me prouver qu'il y a une chance que j'aie tort. Sauf que cette fois, j'ai raison. Grâce à Dieu.

—Bon..., marmonne-t-elle. On dirait que...

—Ce n'est pas une coïncidence, complété-je, satisfaite. Donc, je te propose de lui tendre un piège. On va sortir demain matin si Dieu le veut pour faire notre footing trois minutes en avance, histoire de l'intercepter hors de chez Plantard, ça te va ?

Une fois de plus, Lya se ronge les ongles. Non seulement ça doit vraiment pas être bon, mais en plus, ça me perturbe, quand elle fait ça. Et être perturbée, c'est pas bon.

—OK, cède Lya. On le fait, *incha'Allah*.

—*Yes* ! exulté-je.

CHAPITRE 5

Le lendemain, je suis debout aux aurores. D'une part parce que je n'ai pas réussi à dormir sans imaginer environ quatorze possibilités pour lesquelles ce suspect pourrait nous suivre, d'autre part parce que je suis punie et que je suis censée nettoyer les locaux avant de déjeuner. Donc me voilà, telle la plus maghrébine des Cendrillon, à récurer tout ce que je trouve. Les sols, les vitres, les chaises, les portes, les tables, les plateaux, les porte-manteaux, les… Qui a conçu cet endroit ?!

Après ça, je retrouve une Lya endormie à la cafétéria.

—Désolée, j'ai oublié de me réveiller, dit-elle d'une voix pâteuse.

Lya a promis de m'aider à faire ma punition, comme à chaque fois, sauf que je l'ai laissée dormir, comme à chaque fois. Elle est adorable, mais pas moyen que je la laisse payer pour moi. C'est mon problème, si je me fais punir, et d'ailleurs, les punitions ne me découragent pas vraiment…

—C'est rien, assuré-je en engloutissant mon petit-déjeuner d'une traite. Bon, on y va ?

—Tu crois vraiment qu'on a le temps, avant le rassemblement ?

OK, j'ai réévalué depuis hier notre temps et, en effet, trois minutes d'avance ce n'est pas assez. J'ai donc pris la liberté de lever Lya un tout petit peu plus tôt que ça sans lui en parler, parce qu'elle est tellement psychorigide que le moindre changement de plan la met dans tous ses états. Quinze minutes peuvent être suffisantes pour coffrer un mec, non ?

—T'inquiète ! expédié-je en bondissant de ma chaise fraîchement lavée. Je vais me changer !

Je fonce jusqu'à notre chambre pour enfiler un survêtement, un hijab et une tunique de sport avant de redescendre aussi sec pour presser Lya. Elle finit par se laisser traîner jusqu'à la chambre, où je la pousse derrière le paravent pendant que je lui jette des vêtements à elle.

—Récapitulons, exige-t-elle pendant que nous courrons sur le chemin de la boulangerie.

—Très simple, commencé-je. On arrive chez Plantard avant lui, toi, tu n'auras qu'à dire bonjour à Gaby (Elle me jette un regard assassin parce qu'elle est persuadée que ça ne se voit pas, qu'elle est à fond sur lui.), pendant que moi je guette notre homme. Une fois que c'est fait, on part dans la direction opposée à l'Académie et on le coince entre deux rues et voilà !

—Chaque fois que tu as dis « et voilà », ça a mal fini, Kenza, rétorque-t-elle.

—Oh, sois pas pessimiste !

Nous arrivons chez *Plantard et fils, pains artisanaux depuis 1852*, et nous entrons pour boire notre chocolat, comme d'habitude.

—Salut, les filles ! lance Gaby.

Lya lui fait son habituel sourire rien que pour lui (Il ne connait pas son vrai visage, le pauvre Gaby.), pendant que je scrute les lieux d'un œil attentif. Il n'y a personne, à part les habitués. Je me demande où est passé le type d'hier…

—Bonjour, fait alors une voix discrète en entrant.

Une voix avec un fort accent anglais.

Je me retourne un peu trop vivement, parce qu'il me fixe un instant, le même air d'agacement profond qu'hier sur le visage.

—Bonjour, qu'est-ce que je vous sers ? demande Gaby de son ton chaleureux.

—Un café, merci, poursuit l'Anglais.

Est-ce parce que je le détaille du coin de l'œil depuis qu'il est entré, qu'il risque un coup d'œil vers moi avant de s'enfoncer dans la boulangerie ? Aucune idée.

Sauf que s'il m'a vue le regarder, c'est qu'il a lui aussi de l'expérience dans les filatures.

Il est très grand –dit la fille d'un mètre cinquante. Environ un mètre quatre-vingts. Il est plutôt bien bâti, et, honnêtement, ça m'inquiète un peu. Pas que je me sente incapable de l'appréhender, je suis quand même un entraînement de malade, Dieu merci, mais parce que j'ai bien peur de ne pas être à l'heure pour le rassemblement de ce matin. Pourtant, pas question d'abandonner si près du but. Il y a quelque chose qui cloche chez lui, et j'ai bien l'intention de découvrir quoi. Même si je dois encore nettoyer les locaux.

—Pas vrai, Kenza ?

La voix de ma copine interrompt mes réflexions, et je souris en hochant la tête.

—Carrément ! dis-je sans avoir la moindre idée de ce dont elle parle.

Gaby laisse échapper un rire sonore, et je commence à croire qu'ils se paient ma tête, tous les deux.

—Quoi ? demandé-je, perplexe.

—Elle ne disait rien du tout, explique ce petit traitre de boulanger en riant. C'est juste que tu planes à dix mille.

Et ils éclatent d'un rire complice pendant que je foudroie Lya du regard.

—Pas du tout, répliqué-je, lasse. Je pensais aux cours, c'est tout.

—Ah, bien sûr, fait Lya d'un ton sarcastique pendant que Gaby se gondole devant sa machine à café.

Je tambourine bruyamment sur le comptoir, histoire de leur signifier qu'ils ne sont pas drôles. Ceci dit, je continue de chercher le mec du regard. Il est assis tout au fond de la salle, à une petite table dans un coin. Il lit un bouquin d'un air concentré, et ne relève la tête que quand Gaby lui amène son café.

J'en profite pour lancer un regard accusateur à Lya :

—Merci bien, dis-je, agacée.

—Oh, je plaisante, ricane-t-elle. Désolée, mais c'est vrai.

—Mais ça n'a rien à voir et tu le sais très bien. Alors fais-moi plaisir et arrête de m'afficher.

Elle sourit d'un air qui signifie clairement qu'elle n'en a pas fini avec cette histoire. Peu importe. Quand on l'aura chopé, elle sera bien obligée de reconnaître que j'avais raison sur toute la ligne.

Mon Dieu, faites qu'on le chope pour que j'aie raison sur toute la ligne.

—Prochaine étape ? demande Lya juste avant que Gaby ne revienne.

Je hoche la tête, et je me lève en consultant mon portable.

—Il faut qu'on y aille, Lya, dis-je. On va être en retard. Salut, Gaby.

Ce qui est vrai, soit dit en passant.

—À demain ! fait Lya avant de sortir à ma suite.

—Salut !

Lya et moi sortons de chez Plantard, et nous bifurquons tout de suite à gauche, au lieu de rentrer à l'Académie par la droite. Nous marchons droit pendant plusieurs mètres, jusqu'à ce que je remarque que le mec nous suit à une distance raisonnable, faisant mine de se promener dans le coin.

Sans prévenir, je tourne à gauche subitement. Nous nous retrouvons dans une impasse. Parfait. Nous nous collons au mur, jusqu'à ce que j'entende les chaussures beaucoup trop blanches du suspect sur le trottoir. Dès qu'il passe à ma hauteur, il jette un œil dans l'impasse, mais il n'a pas le temps de réagir que je l'attrape par la veste pour le plaquer contre le mur. Aussitôt, il tente de se dégager, mais je suis suffisamment petite pour l'empêcher de bouger (victoire !).

—Ne bouge pas ! s'écrie Lya en sortant un pistolet gris de sa veste.

C'est une de ses inventions : si jamais elle tire, notre assaillant risque tout au plus de ressembler à un bébé ayant mangé de la confiture de framboise. Mais l'imagination est une arme plus efficace que n'importe quel flingue.

Il s'immobilise et se tord le cou pour nous voir. Nos yeux se croisent et je constate qu'il n'est absolument pas surpris.

Je le savais.

—Maintenant tu nous dis qui tu es ? demandé-je, le plaquant un peu plus contre le mur.

Il continue de me fixer sans broncher, et ça m'agace un peu.

—Réponds ! Pourquoi tu nous suis ?

—Pour la même raison que vous, je suppose.

Je hausse un sourcil.

—De quoi tu parles ?

—Je me disais, aussi… Deux fillettes inexpérimentées ne peuvent être au courant.

—Alors un, surveille ton langage parce qu'on vient quand même de te coincer, répliqué-je sèchement. Deux, je ne sais pas de quoi tu parles mais tu ferais bien de vite nous mettre au courant, sinon ton secret pourrait bien mourir avec toi.

Il a un rictus qui me donne envie de le frapper.

—Ah, parce que la substance rose et spongieuse à l'intérieur de votre pistolet en plastique est censée me faire peur ?

Là, je tombe dénues. Lya aussi, apparemment, mais elle ne baisse pas son pistolet.

—Bon, soit vous arrêtez votre cirque, soit je vais être obligé de vous faire mal, prévient-il d'un air presque clément.

Nous y voilà : du haut de son mètre quatre-vingts, il est persuadé que nous, pauvres fillettes, on ne fait pas le poids. Je déteste ce genre de types arrogants au possible. Mon ego me pousse à lui montrer à quel point il se trompe sur notre compte, mais je me contente de resserrer ma prise, bien campée sur mes appuis.

—Qu'est-ce que tu nous veux ? répété-je inlassablement.

—Très bien, j'ai cru que vous étiez dangereuses, ce qui était stupide, je l'avoue. C'est pour ça que je vous ai suivies. Satisfaites ?

—Pas si stupide, réplique Lya en le foudroyant du regard. Mais tu n'as pas répondu à la question. Qui t'envoie et pourquoi ?

—Qu'est-ce qui vous fait croire que quelqu'un m'envoie ? demande-t-il d'un air de défi.

—Tu as suivi… c'était quoi ? « Deux fillettes inexpérimentées »… ? lancé-je, narquoise.

Il marmonne une réponse que je ne soulève pas. Il finit par soupirer.

—Vous êtes à l'Académie ?

Lya hausse un sourcil.

—Toi tu n'y es pas.

—C'est très bien vu, ça, ironise-t-il.

—Tu n'arranges pas ton cas, tu sais, rétorqué-je. Nos supérieurs vont rappliquer d'un instant à l'autre, et là, tu feras moins le malin.

Il étouffe un rire.

—Si vraiment vous n'aviez pas joué les super espionnes en solo, je serais déjà avec de vrais agents, en train de subir un véritable interrogatoire, vous ne trouvez pas ?

Bon, cette fois c'est officiel : il m'énerve. Mais il a raison. Et ça m'énerve.

Lya lui tire dans la figure sans prévenir.

—Ah !

Il a le visage dégoulinant de pâte rose et gluante. J'explose de rire, sans pour autant le lâcher.

—Allez, dépêche, on n'a pas toute la journée, le pressé-je, plus du tout impressionnée, maintenant qu'il ressemble à une barbe-à-papa géante.

—Vous me prenez pour un débutant ? se récrie-t-il, visiblement outré.

—Franchement, si tu t'es fait repérer par deux fillettes inex…

—Très bien, vous n'êtes pas inexpérimentées, coupe-t-il d'un air exaspéré.

Puis, voyant qu'on ne le lâche pas du regard, il soupire :

—Vous n'êtes pas des fillettes non plus, dit-il alors que son aent s'estompe.

—Mais dis-moi, tu parles plutôt bien français, finalement, fait remarquer Lya d'un ton sceptique.

Il inspire bruyamment, visiblement en proie à un agacement extrême.

—Pourtant tu devrais savoir que ça n'a rien d'impossible, avec tes dix langues à ton actif, Samba.

Lya ne laisse rien paraître, mais elle a probablement envie de lui hurler de s'expliquer tout de suite, comme moi.

Comment connaît-il son nom ? Il a de toute évidence piraté les dossiers, mais c'est impossible... Nous avons le système de sécurité le plus incroyable jamais conçu. Les meilleurs hackers n'ont jamais réussi à pirater la base de données, alors je me demande bien comment il a pu obtenir ces infos.

—Si je vous dis que je connais Madame Khan, ça vous va ?

Je plisse les yeux, puis je le lâche. Il ne ment pas. Sa voix est aussi calme que tout à l'heure, il ne se tortille pas, et surtout ses yeux ne mentent pas. Quand quelqu'un ment, on remarque une agitation des yeux qui est difficilement contrôlable en situation réelle, même pour un agent formé. De plus, s'il a choisi la prof la plus détestée de toute l'Académie, c'est qu'il dit la vérité, vous n'êtes pas d'accord ?

—Enfin, soupire-t-il en se frottant les poignets.

—Maintenant, qui es-tu ? demandé-je pour la énième fois.

Il me toise un moment, toujours occupé à retirer la pâte rose sur sa figure, cette expression de dédain profond sur le visage qui semble être son expression de base.

—Pourquoi est-ce que je vous le dirais ?

—Parce que sinon Madame Khan aura de tes nouvelles, et tu dois probablement savoir qu'elle n'est pas tendre, avec l'échec.

Là, il me foudroie littéralement du regard, comme s'il avait espéré que j'étais assez stupide pour ne pas y penser. C'est raté, bonhomme.

—Zayn, lâche-t-il après un moment.

—Zayn Khan ? insiste Lya, toujours agacée qu'il en sache plus que nous.

—Raj, corrige-t-il.

—C'est ta tante, déduis-je alors de leur ressemblance physique.

Il hoche brièvement la tête, évidemment agacé.

Je suis assez surprise, parce que j'ignorais que Madame Khan avait de la famille. J'ai toujours cru qu'elle avait été élevée par une meute de loups, ou quelque chose comme ça.

Mais maintenant que je vois qui fait partie de sa famille, son attitude me semble bien moins étrange.

—C'est elle qui t'envoie, donc ? demande Lya.

Sauf que le dénommé Zayn tourne déjà les talons.

—Hé ! Attends ! m'écrié-je.

—Demain, même heure, répond-il sans se retourner.

Je reste plantée là, hébétée. J'ai résolu pas mal d'énigmes, dans ma vie, mais je sens que ce mec représente l'une des plus grandes de ma carrière.

Oui, je sais que ma carrière n'a pas encore totalement commencé. Mais j'ai le sentiment que ce Zayn Raj est en train de drastiquement accélérer les choses.

CHAPITRE 6

—Non !

—S'il te plaît, Lya, supplié-je entre deux coups de balais.

—Cette histoire sent très mauvais, Kenza, réplique ma meilleure amie en nettoyant le sol à la serpillère. On devrait en parler à Madame Khan, au moins. Vérifier si ce qu'il dit est vrai.

Madame Khan ? Plutôt me jeter dans le Rhône !

—Bien sûr, que c'est vrai, soupiré-je. Comment il connaîtrait nos noms, autrement ? En plus, si vraiment il avait menti, il n'aurait pas résisté à la tentation de se la jouer. Ce genre de mecs pense avec son ego.

—Kenza, c'est non. Et arrête de juger les gens comme ça.

—Oui, t'as raison, admis-je.

Nous finissons de nettoyer la salle de rassemblement en silence, notre punition pour avoir loupé l'heure du rassemblement. Punition dispensée par la délicieuse Madame Khan, évidemment.

—Silence ! tonne-t-elle. Vous avez déjà perdu assez de temps, jeunes filles.

Lya me lance un regard signifiant très clairement que sa décision est ferme et définitive. Le problème, c'est que je suis plutôt têtue, comme fille. Et que je compte bien allez au rendez-vous, si Dieu m'en donne l'occasion. Tant pis, si c'est un piège. Sauf que pour ce faire, il faut que je me débarrasse de Lya.

La journée est désespérément longue, et je ne pense qu'à ce mystérieux Zayn. Je ne sais pas ce qu'il cherche, mais ça semble important. En plus de cela, je n'arrive pas à comprendre pourquoi il nous suivait *nous*. Je veux dire, si c'est effectivement un proche de Madame Khan, pourquoi s'intéresse-t-il à nous ? Elle ne fait que nous saquer depuis qu'elle nous connaît.

—Hé, qu'est-ce qui vous est arrivé, ce matin, les filles ? lance une voix fluette quand nous sortons de notre cours de diplomatie, deux heures plus tard.

Je me retourne, déjà gavée. Yuki est la plus grosse commère de l'histoire de l'Académie. Peut_être même de l'histoire de l'espionnage. Voire de l'Histoire tout court. Mais Lya a raison : il faut que j'arrête de juger les gens.

—C'est vrai, ça, à quoi vous jouiez, encore ? renchérit Tobias, la deuxième plus grosse commère de l'Histoire.

C'était juste pour vous mettre dans le contexte. J'ai dit que j'arrêtais.

—De quoi je me mêle, Fischer ?! s'agace Yuki. C'est une conversation privée.

—Tu as une drôle de conception du privé.

Ils se ressemblent tellement qu'ils ne peuvent pas se saquer. En fait, ces deux-là sont en perpétuelle compétition. Cela constitue en quelque sorte leur entraînement personnel. Parce qu'ils sont convaincus qu'être au courant de tous les ragots de l'Académie signifie être un bon enquêteur.

Qui suis-je pour briser leurs rêves ?

—Rien de pertinent à raconter, assuré-je en accélérant le pas.

—Quoi ? Vous plaisantez ! s'écrie Yuki en nous attrapant chacune par un bras. Et si on allait dans la salle commune des filles, pour en parler ? dit-elle en insistant bien sur le mot « filles », histoire de signifier à Tobias qu'il n'est pas invité.

—Ce n'est que partie remise, Tanaka, grommelle-t-il en s'éloignant.

Yuki secoue son carré noir avec satisfaction. Il est vrai que Yuki est la référence en termes de potins chez les filles, et que Tobias est son homologue chez les garçons. Ils traînent tous les deux dans leurs salles communes respectives jusqu'à pas d'heure, à l'affût de la moindre histoire « croustillante », comme ils disent. Ayez le malheur de trop parler sous l'effet de la fatigue et toute l'Académie sera au courant dans l'heure que vous tenez un journal intime. Ils devraient tenir un blog ensemble, tiens…

Quoi qu'il en soit, même si j'aime bien Yuki, il est absolument hors de question qu'elle apprenne quoi que ce soit sur notre footing de ce matin.

—Alors, quoi de neuf ? lance Yuki avec un grand sourire.

C'est le même sourire que celui que Lya affiche devant un nouveau logiciel, ou que j'ai quand je découvre un nouvel endroit où courir : la passion.

—Oh, tu sais…, dis-je avec un sourire innocent. J'ai traîné Lya jusqu'à la boulangerie, et puis ensuite on n'a pas vu le temps passer, voilà tout.

Yuki fronce un de ses fins sourcils noirs, plissant ses jolis yeux en amande dans une expression de réflexion intense, comme si elle essayait de lire dans ma tête.

—C'est curieux, ça, dit-elle avant de décréter : Je n'en crois pas un mot.

Je soupire. Elle ne lâche pas le morceau.

Je soupire. Elle ne lâche pas le morceau. Jusqu'ici, j'avais toujours réussi à éviter que trop de bruits courent sur moi. Les seuls ragots à mon sujet ont souvent à voir avec mes multiples punitions et mes gros retards. Autrement, je suis une élève on ne peut plus transparente, et j'en ai toujours remercié le Seigneur. Sauf que voilà : ça signifie que je n'ai pas souvent affaire aux questions insistantes de Yuki.

Quand nous arrivons dans la salle commune, en bonne espionne, je me décide à lui servir quelque chose pour qu'elle nous lâche.

—Bon, très bien, tu veux la vérité ? demandé-je en jetant un regard suppliant à Lya pour qu'elle vienne à mon secours.

Je n'aurais jamais dû faire ça :

—Elle a flashé sur un mec à la boulangerie, chuchote ma traîtresse de copine sur le ton de la confidence.

Au moins, elle a le mérite de savoir quoi dire à notre coéquipière. Je jurerais voir des étoiles dans les yeux de Yuki :

—Ooooooh ! fait-elle d'une voix aiguë. Voilà qui explique tout !

Je lance à Lya un regard incendiaire : bravo ! Comme si elle ne m'avait pas déjà cassé les pieds ce matin avec cette histoire stupide ! Maintenant toute l'Académie va être au courant, et je vais perdre le peu de crédibilité que j'ai envers les instructeurs.

—Je ne m'y attendais pas, Kenza, poursuit Yuki d'un ton impressionné. J'ai toujours cru que ça ne t'intéressait pas.

—Bah, moi aussi…, dis-je d'un ton boudeur pendant que Lya me grimace un sourire qui se veut désolé, alors que nous savons elle et moi qu'elle ne l'est pas tout à fait.

Yuki pousse un petit cri de joie :

—Oh, c'est trop chou ! Je veux *tout* savoir ! Comment il est ? Tu l'avais déjà vu avant ? Tu lui as parlé ? Est-ce que…

Je fais mine d'être gênée –ce qui est vrai– pour ne pas répondre aux questions de Yuki.

—Je l'ai vu juste une fois, c'est tout, marmonné-je. Je ne sais rien sur lui, et je ne crois pas qu'il traîne souvent dans le coin.

Yuki fait la moue un moment, puis s'écrie :

—Ne t'en fais pas ! On va le retrouver !

Oh non. Tout mais pas ça.

Je sentais bien que ça allait déraper.

Yuki est une experte des réseaux sociaux. Elle poste absolument tout ce qu'elle fait, tout en les déguisant pour se faire passer pour une fille normale. Je dois reconnaître qu'elle est très douée, parce qu'elle modifie les fichiers Exifs de ses photos, histoire que même si un hacker cherchait l'endroit où ses photos ont été prises, il ne trouverait jamais l'Académie. Yuki poste des vidéos de maquillage, coiffage, habillage, et tout ce qui finit par « age » ayant un rapport avec la féminité. Autrement dit, elle veut jouer à la poupée, avec moi dans le rôle de la poupée.

Enfin, une fois qu'elle aura retrouvé le fameux mec sur les réseaux. Ce qui, à mon humble avis, n'est pas près d'arriver. Pour mon plus grand bonheur. Je prie pour que ce soit le cas et qu'ensuite elle renonce et que toute cette histoire soit reléguée aux archives.

De toute façon, je dois retrouver ce Zayn demain, et j'aimerais bien en apprendre un peu plus sur lui et ce qu'il veut.

J'aimerais ici faire le point : les ragots qui ont été engendrés par une certaine Malya Samba sont tout à fait faux et je souhaite le retrouver uniquement parce qu'il en sait beaucoup trop sur l'Académie et que je ne supporte pas sa façon de me prendre pour une imbécile.

Voilà. Nous pouvons reprendre.

Donc, après toute une soirée à chercher un mec qui n'existe sur aucun réseau (Dieu merci !) et à me chercher « une tenue sportive-chic » (Je suis presque sûre que c'est un oxymore.), je me lève le lendemain le plus tôt possible, pour me carapater sans croiser ni Lya ni Yuki. Je nettoie les locaux à la vitesse de la lumière, saluant au passage les efforts du personnel d'entretien qui ramasse toujours après les cochons qui servent d'agents à cette Académie.

Sérieux, comment peut-on connaître 6 façons d'ouvrir une porte verrouillée, et ne pas être fichu de ramasser ses emballages de bonbons ?!

Bref, après ça, je file enfiler la première chose qui me tombe sous la main –à savoir la fameuse tenue sportive-chic, composée d'un maquillage très approximatif et d'un joli sweat rouge.

Avant de croiser qui que ce soit, je saute le petit-déjeuner et je cours jusqu'à la boulangerie.

Je n'ai jamais couru aussi lentement de ma vie, pourtant je n'ai jamais été aussi essoufflée. Mon cœur bat à un rythme effréné, et je prends quelques instants pour reprendre contenance avant d'entrer chez Plantard.

—Salut Kenza ! lance Gaby si fort que je sursaute.

—Ah, salut, réponds-je avec un sourire.

—Lya n'est pas avec toi ? demande-t-il en feignant une indifférence absolument adorable aux yeux d'un agent entraîné.

Je réprime un rire :

—Non, elle fait la grasse matinée, ce matin.

—Ah, tu lui passeras le bonjour, alors.

—Promis, assuré-je en m'asseyant à ma place habituelle.

—Comme d'hab' ?

—S'il te plaît.

Alors qu'il se tourne pour me faire couler mon chocolat –que je doute de réussir à avaler–, je jette un œil derrière moi, et j'aperçois une silhouette au fond de la salle.

Je ne pensais pas qu'il serait là avant moi. Pourtant, il est à la même place qu'hier, et il lit son livre avec ce même air concentré qu'hier. Cependant, je sais qu'il me regarde. Il lève légèrement la tête et je regarde ailleurs, le poing sous le menton. Il m'a vue, je l'ai vu, et il sait que je l'ai vu. Reste plus qu'à aller le rejoindre.

—Voilà pour toi, sourit Gaby en me tendant mon gobelet.

—-Merci, dis-je en cherchant une façon de m'éclipser sans utiliser l'horrible rumeur.

Je lui explique finalement que je le connais et qu'on doit bosser un truc ensemble.

J'ai déjà fait des exercices de café. Le but est de parler à n'importe qui pour avoir des infos personnelles sur lui.

J'ai toujours été douée, à cet exercice, j'ai été bénie par d'assez grandes qualités sociales. Mais aujourd'hui, on dirait que l'espionne a pris des vacances pour laisser place à l'adolescente maladroite que je devrais avoir reléguée au placard depuis au moins deux ans.

D'un pas mal assuré, je marche jusqu'à la petite table où Zayn Raj est assis, manquant de renverser mon gobelet deux fois de suite. Il lève à peine la tête.

—Tu es en avance, remarque-t-il simplement.

Je m'assois face à lui.

—Toi aussi.

—Tu es seule ?

—Oui.

—Pourquoi ?

—Pourquoi pas ?

Il lève la tête. Il a toujours son accent britannique, mais beaucoup moins prononcé qu'hier.

Il hausse les épaules :

—J'aurais dû me douter que ta copine serait la plus méfiante des deux.

—Je ne te fais pas confiance non plus, assuré-je d'une voix égale.

—Ce serait stupide, en effet.

Il pose son bouquin et semble seulement se rendre compte de ma présence. Il n'y a plus aucune tache rose sur son visage taillé à la serpe, mais il a la même expression de dédain qu'hier. Et avant-hier.

—Bon, tu m'expliques ce que tu fabriques ? demandé-je. Parce que je suis arrivée en retard, hier, à cause de toi.

—Tu as peut-être surestimé ta rapidité d'interpellation, non ?

—Si tu m'as demandé de venir pour te moquer de moi, ça ne m'intéresse pas.

Je fais mine de me lever, sauf qu'il choisit ce moment pour lâcher :

—Tu n'as rien dit à Madame Khan ?

Je me rassois aussitôt :

—Pourquoi tu l'appelles Madame Khan ?

—Pas tes affaires, coupe-t-il. Tu lui en as parlé, ou non ?

—Hé, redescends, tu veux ? m'agacé-je. Tu n'es pas obligé d'aboyer sur tout le monde, tu sais.

Il se tait une fraction de seconde plus longtemps que nécessaire avant de regarder ailleurs.

—Je ne veux pas qu'elle l'apprenne de la bouche de quelqu'un d'autre.

—Apprendre quoi ? Que tu n'es pas aussi discret que tu le penses ?

Il m'a piquée un peu trop de fois, depuis qu'on s'est vus.

Zayn fait une drôle de moue agacée, ce que je prends pour un oui.

Finalement, ça n'a rien d'un exercice de café. C'est bien plus compliqué, parce que je dois aussi deviner ce qu'il pense ou non.

—Je ne lui en ai pas parlé.

Son visage prend alors une expression indéchiffrable, que je décide prendre pour un remerciement.

—Mais tu vas devoir tout m'expliquer, si tu veux que je me taise.

—Tu n'as pas l'air d'être le genre de fille à se taire facilement.

—Et toi tu n'as pas l'air d'être le genre de mec à savoir parler aux filles.

Nous nous toisons l'un l'autre d'un air mauvais.

—Cadeau ! lance alors Gaby d'une voix beaucoup trop forte en posant un grand verre de milkshake rose avec deux pailles entre nous. C'est la maison qui offre !

Plus gênant, tu meurs.

—Merci, Gaby ! dis-je avec un sourire affreusement crispé alors qu'il s'éloigne avec un clin d'œil.

Quand je me tourne à nouveau vers Zayn, tout ce que je vois sur son visage c'est de la stupéfaction. C'est d'ailleurs assez drôle à voir.

C'est à ce moment que Lya décide de m'appeler. Je fixe avec horreur mon portable avant de décrocher et de la saluer de l'air le plus innocent possible.

—…Alors, bien dormi ? ajouté-je d'une voix enjouée.

—Où tu es ? Le rassemblement est dans quinze minutes.

Quinze minutes ?! Oh, c'est pas vrai !

—J'arrive, je suis partie courir, lui expliqué-je.

—Dépêche-toi ! Tu risques encore le retard ! Hé… Est-ce…

—Gaby te passe le bonjour ! la coupé-je avant qu'elle ne réfléchisse trop.

—Ah… C'est gentil… Mais dépêche-toi quand même !

—Je file !

Et je coupe.

Le temps que je relève la tête, Zayn se lève.

—Où tu vas ? m'étonné-je.

—Tu es en retard, non ? Alors, allons-y.

J'attrape le verre de milkshake et lui emboîte le pas en sirotant. Je fais un rapide signe à Gaby avant de sortir de chez Plantard.

—Ce n'est pas la peine, l'Académie n'est pas si loin, assuré-je à Zayn après l'avoir rattrapé.

—Je ne veux pas qu'on nous entende.

Nous nous asseyons à tour de rôle, dos à dos, sur un double banc un peu plus loin. Une petite dame est de mon côté du banc alors que sors mes écouteurs.

—BONJOUR MADEMOISELLE !

OK, elle est un peu sourde.

—BONJOUR MADAME ! C'EST UNE BELLE JOURNÉE !

Elle hoche vivement la tête et continue de nourrir les oiseaux. Zayn fait semblant de lire son bouquin et je me demande ce qu'il lit.

—Alors ?

—Je travaille au MI6.

—Ah, je vois.

—Quoi ?

—Pourquoi tu as un accent. Tu n'habites pas là.

—Non… Est-ce vraiment important ? lâche-t-il d'une voix exaspérée.

—Je ne sais pas… Est-ce que connaître mon nom de famille est important ?

—Dans certaines circonstances, oui.

—Eh bien, c'est pareil, décrété-je. Quoi d'autre ?

Il semble retenir un soupir avant de poursuivre :

—C'est Madame Khan qui m'a demandé d'enquêter sur votre Académie.

—Et pourquoi ?

Il semble plus agité et scrute les environs, en particulier les lampadaires.

—Les caméras reprennent dans soixante mètres… environ deux cents pieds, lui dis-je entre deux gorgées. Tu en veux ?

Je secoue mon verre à moitié vide.

—Euh… Non, merci.

—Donc ? le pressé-je.

—Donc… Madame Khan soupçonne un… hum… *a mole* ?

Je passe en revue ma liste de jargon espion en anglais pour arriver à…

—Pardon ? m'étranglé-je. Une taupe ?

Je me retiens de faire le tour du banc pour le fixer. Il est sérieux, là ? On parle d'Interpol !

Pourtant, il poursuit à voix basse.

—Une série d'affaires non élucidées au cours des quinze dernières années vient de se reproduire en l'espace de quelques mois. Madame Khan soupçonne une taupe qui transmettrait les archives à un complice supposé.

Mon regard se perd dans le vide un moment. C'est quand même invraisemblable.

—Quel type d'affaires ? lâché-je après un moment.

—Des vols.

—De grande envergure ?

—Oui et non. Il y a de tout.

Je hoche la tête en finissant mon milkshake. Je refuse de croire qu'il y ait un traître chez nous. C'est impossible. Pas avec la discipline et la rigueur des recrutements.

—Ça m'étonnerait qu'il y ait une taupe, dis-je.

—Tu as une autre explication ? Tu sais comme les archives sont difficiles d'accès, et les bases de données sont impénétrables.

Je me tapote le bout du nez. J'ai peut-être l'air fin, mais ça m'aide à réfléchir.

—Et pourquoi tu m'en parles à moi ?

—Parce que tu es l'un des agents qui fait le plus d'allées-venues. Et que j'ai vérifié ton dossier, à part des retards, il n'y a rien.

Oups. Cramée.

—Alors, déjà, je concept de vie privée, on doit en rediscuter, et ensuite… OK… Je te l'accorde. Mais j'ai parfaitement le droit de sortir.

—Quelque chose me dit que l'inverse ne t'aurait pas arrêtée…

J'essaie d'entendre une pointe d'amusement... mais non.

Nous restons silencieux pendant quelques instants.

Je ne sais quoi penser de ce qu'il vient de me dire. Comment pourrait-il y avoir un traître chez Interpol ?! Ce n'est pas pour être arrogante ou quoi que ce soit, mais nous sommes quand même une référence.

—Franchement, j'ai du mal à y croire, finis-je par lâcher alors que l'heure défile.

—Dans ce cas, prouve-moi que j'ai tort. Je ne demande qu'à me tromper.

J'étouffe un rire.

—J'ai hâte de te prouver que tu as tort, alors.

—Avec plaisir.

Je remarque un mouvement et j'attrape ce qu'il a laissé sur l'assise. Je regarde la puce noire avant de la remettre dans ma poche.

Un moyen de communiquer.

—Quand est-ce qu'on se revoie ? demandé-je.

—De combien de temps tu as besoin ?

—Une semaine, dis-je avec assurance.

Il hoche la tête :

—Six-cent-cinquante-trois, trente-et-un, puis ton anniversaire.

—Le mien ?

Sauf qu'il se lève déjà. N'aurait-il pas pu me donner son numéro de téléphone sur un bout de papier, comme tout le monde ? Je hausse les épaules et l'apprends par cœur. Hors de question de risquer que quelqu'un tombe sur son contact en fouillant dans mon portable. Et avec mon retard phénoménal, je sens que je vais avoir droit à un véritable interrogatoire…

Je ne prends même pas la peine de lui demander s'il a mon numéro. À l'heure qu'il est, il doit connaître mon groupe sanguin.

CHAPITRE 7

—Mademoiselle Bensalah…

—Je sais. Désolée…

Nous revoilà dans un profond moment de dignité.

Toujours dans le bureau de Madame Dupré. Je savais bien que je risquais d'être en retard. Mais j'ai eu des tonnes d'infos, aujourd'hui. Ça vaut bien ma deux-cent-quatre-vingt-seizième punition. De toute façon, il faut que j'arrive à trois cents ! Il y a beaucoup d'élèves qui ont parié que j'y arriverais avant la fin du semestre. Je ne voudrais pas les décevoir ! Surtout qu'ils essaient tous de me soudoyer avec des super friandises interdites et en faisant mes devoirs, alors c'est plutôt drôle !

Madame Dupré me fixe et je sens qu'elle s'agace.

—Mademoiselle Bensalah, je commence à en avoir assez que vous vous excusiez pour recommencer le lendemain.

—Désol...

Je m'interromps. Ça va être ma fête.

—C'est juste que je n'ai pas vu le temps passer, dis-je d'un ton penaud. Je vous assure que je ne le fais pas exprès.

La directrice redresse ses lunettes sur son petit nez rond. C'est très mauvais signe, ça. Ça veut dire qu'elle va prendre une décision qui, en général, ne me plaît pas.

—Je n'ai d'autre choix que de sévir, mademoiselle Bensalah, dit-elle d'une voix neutre. La ponctualité est une qualité essentielle pour un agent. La différence entre une mission réussie et un dangereux échec se trouve dans la synchronisation. Je ne peux fermer les yeux indéfiniment. Donc à partir de maintenant et jusqu'à nouvel ordre, vous ne sortirez plus de l'Académie en dehors des exercices pratiques.

—Oh.

C'est tout ce que je suis capable de dire.

J'ai toujours eu un besoin vital de sortir à l'air libre. Pour courir en particulier. C'est quelque chose dont j'ai réellement besoin, pour me recentrer sur mes objectifs, pour me rappeler que je suis capable de tenir sous l'effort sans abandonner. Parce que chaque fois que je me prends une punition ou que j'ai une mauvaise note à un exercice de Madame Khan, je me demande si je suis bien faite pour ça. Si j'ai vraiment ma place dans ce milieu.

Quand je relève les yeux sur la directrice, j'ai l'impression de voir de la pitié dans son regard.

Et je déteste ça.

—Je comprends, dis-je en me redressant.

Elle me regarde un moment, puis hoche la tête.

—Vous pouvez disposer.

Je sors d'un pas lent jusqu'à la porte. Une fois hors de vue, je me précipite dans ma chambre. Lya doit être en cours, comme à peu près tout le monde. Parfait, de toute façon je suis déjà en retard.

Je m'étale sur mon lit un bref instant, avant de me relever aussitôt. Je suis incapable de rester sans bouger, aussi je vais jusqu'à la salle d'entraînement à grands pas.

Je n'y trouve personne, ce qui est parfaitement normal. J'ai les 235 mètres carrés pour moi toute seule. J'enlève ma veste et me retrouve en pull blanc. J'enveloppe mes phalanges dans des bandelettes blanches avant de faire quelques pas jusqu'au sac de frappe. Dans un accès de frustration, j'envoie un grand coup de poing en plein dedans. Et un autre. Et un autre. Puis je pivote sur moi-même et donne un coup de pied latéral qui fait se balancer le sac sur son attache.

Personne ne croit en moi, et ça me rend folle.

Les élèves font des paris sur mes punitions, Madame Dupré me regarde avec pitié, Madame Khan affiche le même dédain que cet arrogant de Zayn… Lya ne cesse de me couvrir et d'essayer de me sortir des ennuis, tout ça parce que j'en suis incapable. Je n'ai rien d'un agent. Je suis arrivée dans cette école parce que j'ai une bonne condition physique, c'est tout.

—Que faites-vous ici ?

Je sursaute et rate mon coup. Je me redresse en m'agaçant de n'être même pas fichue d'entendre quelqu'un entrer dans une salle où l'acoustique est incroyable.

—Madame Khan ?

—Vous ne devriez pas être en cours ? demande-t-elle en continuant de me toiser, les bras croisés.

Je baisse les yeux sur mes mains.

—Je m'entraîne, réponds-je en resserrant mes bandelettes.

Madame Khan ne bouge pas d'un millimètre, droite comme un piquet. Elle porte la même tenue que moi, sauf que les couleurs sont inversées.

Elle lui va bien mieux qu'à moi.

—Relevez la tête, quand vous frappez. Regardez droit devant vous.

Les yeux ronds, je la fixe comme une idiote pendant plusieurs secondes.

—Allez ! me presse-t-elle d'un signe de tête.

Sortie de mon hébétude, je serre les poings et recommence à frapper. Je regarde bien droit devant moi. C'est physiquement peu probable, mais j'ai l'impression d'avoir plus de force, tout d'un coup.

Je jette un œil vers elle, et elle hoche la tête, même si son visage est toujours impassible.

—Ce conseil vaut pour toutes les situations, ajoute-t-elle. Cessez de constamment regarder vos pieds.

—D'accord, bredouillé-je.

Elle s'approche de moi et effleure mes omoplates :

—Redressez le dos.

Puis elle pointe un doigt sur mes genoux :

—Restez souple. Vous devez être agile.

Cette leçon, je la connais par cœur. J'y ai même été très douée, quand on me l'a apprise, l'année dernière.

—Désolée… C'est juste pas mon jour, aujourd'hui.

—Mon neveu a tendance à tout chambouler, où qu'il passe.

—Quoi ?! m'écrié-je en ratant mon coup si violemment que je manque de tomber parterre.

Si même ça, je n'ai pas réussi à le cacher, je me terre sous ma couette jusqu'à mes quarante-cinq ans.

—Il n'est pas aussi malin qu'il aime à le croire, poursuit Madame Khan. Mais je suppose que vous vous en êtes rendue compte.

—Euh… Je ne sais pas si je dois bien le prendre, avoué-je.

—Tenez-vous droite, s'agace Madame Khan.

—C'est pour ça que vous êtes venue me voir ?

—Non, c'est parce que vous traînez au lieu d'être en cours. Tout ça pour passer vos nerfs. Résultat, vous perdez vos bons réflexes.

C'est là qu'elle amorce un coup de poing dans ma direction. Aussitôt, je fléchis mes genoux et lui attrape le bras avant de le lui retourner dans le dos, lui maintenant l'épaule de mon autre main. Je réalise ce qui s'est passé seulement après coup. Je cligne des yeux, mes mains la bloquant toujours fermement.

—Vous voyez ?

Wow…

—Euh, oui, je crois, dis-je en la lâchant.

Elle hoche la tête dans un mouvement net et se dirige vers la porte.

—Merci, lancé-je.

—Contentez-vous de ne pas oublier ce que vous faites ici. Si jamais vous vouliez étudier un peu, ce soir, le passé de notre glorieux établissement est passionnant, je vous le conseille.

Est-ce qu'elle vient de… ?

Nan, sérieux : est-ce que c'est vraiment Madame Khan qui vient de me remonter le moral ?!

C'est officiel, cette journée n'a absolument aucun sens dans mon esprit.

—Kenzaaaaa !

Oh non.

—Yukiii ! dis-je avec un sourire crispé.

—Alors, alors, tu l'as revu ? Je suis sûre que tu l'as revu !

Sortez-moi de là !

—Euuuuuh…

Je suis probablement en train de rougir, parce que ses yeux s'illuminent.

—Oh ! Je le savais ! Alors ? C'était comment ? Tu lui as parlé, cette fois ?

—Euuuuuh…

À côté de moi, Lya me jette un coup d'œil assassin.

—Ah, c'est donc ça que tu faisais, ce matin, marmonne-t-elle.

—Quoi ? Mais non, c'est pas…

Et voilà. Merci Yuki.

—Bon, d'accord, peut-être, avoué-je. Mais on a juste parlé un moment, voilà tout.

—Et après ? demande Yuki avec l'air d'une affamée de romance d'ado.

—Après… Rien !

Là, je remarque que toutes les tables environnantes nous regardent.

Il faut vraiment que je règle rapidement cette histoire de traître, sinon même Zayn va finir par être au courant qu'il est déjà connu à l'Académie ! Et ça, je ne pourrais pas le supporter. J'imagine d'ici son petit sourire suffisant.

—Comment t'as pu me faire ce coup-là ?! s'écrie Lya une fois dans notre chambre.

—Je crois qu'il dit la vérité, dis-je en ressortant la puce de ma poche. Il m'a donné ça pour avoir un contact.

—Tu aurais au moins pu m'en parler.

—Oui, mais je savais que tu voudrais m'en empêcher.

—Bien sûr ! s'écrie-t-elle. Je sens pas ce type ! On dirait un…

—Un… espion ? hasardé-je avec un sourire.

Lya me fixe puis éclate de rire. Après quelques instants, elle reprend contenance.

—N'empêche que je suis en colère !

—D'accord, d'accord, fais-je en levant les mains. Mais tu ne veux pas savoir ce qu'il m'a dit ?

Elle hoche la tête et s'assoit sur son lit en face de moi.

—Mais d'abord, prévins-je, jure-moi que ni Yuki ni personne n'entendra plus jamais parler du « mystérieux mec de la boulangerie ».

Là, Lya pique son fou rire de l'année.

—Lya ! hurlé-je en la frappant avec un oreiller. À cause de toi, tout le monde est au courant ! Tout le monde !

—J'ai paniqué, désolée ! ricane-t-elle. Et puis franchement, c'est un peu vrai, non ?

—C'est… vraiment pas le sujet, balbutié-je en piquant un fard.

Sauf que, pour ce genre de sujets, qu'on soit espionne ou non, on se fiche pas mal des preuves.

—Ha ! J'en étais sûre !

Là, je suis à peu près sûre d'avoir la couleur d'une tomate bien mûre.

—Tu veux que je te raconte, ou pas ?! m'écrié-je.

Elle hoche la tête, mais, avant de me lancer, je fais quelques pas jusqu'à la porte pour l'ouvrir sur Yuki et deux autres filles qui écoutaient sans gêne.

—Euh… Salut, lance-t-elle.

—Pour la dernière fois, il ne s'est rien passé !

—Mais…

—Mais rien du tout ! Ouste !

Les filles s'en vont, penaudes, gloussant tout de même un bon coup. Je soupire : voilà ce que ça fait, d'être au centre de l'attention…

Je crois que je n'aime pas ça.

Lya tient absolument à examiner la puce au peigne fin avant de me la donner. Elle la branche sur son ordi à l'aide d'un adaptateur et examine chaque ligne de code.

—Je suis sûre que c'est inutile, soupiré-je pour la quinzième fois.

—Chut.

Mon agaçante copine de chambre pianote encore et encore, cherchant désespérément un minuscule indice qui pourrait lui donner raison. Elle grommelle, parle toute seule, puis devient de plus en plus silencieuse.

—Allez, avoue : tu ne trouves rien.

—On dirait qu'il a dit la vérité. C'est pour passer au travers des brouilleurs de l'Académie. Ligne directe vers un portable. 06 53…

—31, et ma date d'anniversaire, complété-je avec satisfaction. Maintenant rends-la-moi !

À contrecœur, elle me donne enfin ma petite puce, que je peux brancher au portable qui me sert à joindre mes parents, habituellement.

Mes parents vivent dans la banlieue lyonnaise. Ma mère est professeure d'anglais dans un collège, et mon père est médecin généraliste. Ils pensent que je suis en licence de droit à la fac. Après mon recrutement, Madame Dupré a tout organisé, depuis ma fausse inscription en fac jusqu'à ma fausse carte étudiante. Je m'en veux de leur mentir, mais ils ne peuvent pas être au courant de ma véritable formation parce que :

1) Ils flipperaient.
2) Ça les mettrait en danger.

Enfin bref, chaque agent en formation a droit à un portable qui protège notre emplacement tout en nous permettant de contacter nos familles —mais seulement nos familles, pas question de donner ce numéro à n'importe qui. Pas même à un espion du MI6 qui connait toutes vos informations personnelles, en principe.

Je m'imagine que s'ils avaient le droit de la rencontrer, mes parents s'entendraient très bien avec la directrice.

Je ne sais pas bien si j'en ai le droit, mais je raconte tout à mes parents. Je me contente de transformer légèrement les intitulés de cours…

Ça, ça, c'est du texto. Quel professionnalisme.

—C'est lui ? demande Lya en se penchant par-dessus mon épaule.

—Euuh… Oui…, dis-je en pianotant quelques mots pour les effacer aussitôt. Trois fois de suite.

Je sais

Juste au cas où

C'est insultant

Je sais

C'est officiel : il se moque de moi. Lya ricane dans mes oreilles.

—Quand Yuki va voir ça…

Je la foudroie du regard et elle rit encore plus.

CHAPITRE 8

Bon, clairement, j'ai été beaucoup trop ambitieuse.

J'ai voulu frimer, voilà. Ça arrive à tout le monde, non ? Et puis, je l'ai quand même repéré dès la première fois. Il ne m'en voudra pas… si ? Oh, et puis de toute façon, c'est sa mission, pas la mienne ! Je n'ai absolument aucun compte à lui rendre ! C'est même moi qui ai les cartes en main, vu que je suis censée ne rien dire à Madame Khan… qui sait déjà tout de toute façon.

Je vais probablement me ridiculiser. Encore.

Je viens de passer la nuit dans la salle des archives, dont la porte était miraculeusement ouverte par les soins de Madame Khan, à n'en pas douter. C'est presque… gentil de sa part. Ce qui est curieux. Enfin, je suppose que partant du fait que je fais en quelque sorte « équipe » avec son neveu, elle est soudainement plus disposée à faire une trêve.

La salle des archives est immense, composée d'un ordinateur plus gros que mon armoire et celle de Lya réunies, et des milliards et des milliards de lignes de code. Il y a de quoi vous rendre miro en cinq minutes. J'estime le temps de trouver quelque chose à une moitié de vie, environ.

Durant les quinze dernières années… Non élucidé… C'est long, quinze ans ! Il y a quinze ans, Zayn devait encore dormir avec une peluche, et il croit vraiment que je vais éplucher la durée presque intégrale de nos vies en moins d'une semaine ?

Il est environ quatre heures du matin quand je me décide à remonter dans ma chambre.

RAS, j'envoie.

Je me couche sans attendre de réponse, mais j'en reçois quand même une.

> Merci. Mais va dormir, ça suffit

J'ai du mal à déterminer si je trouve ça délicat ou très énervant.

> J'y allais, c'est pour ça que j'ai dit RAS

Je me demande ce qu'il fabrique, à une heure pareille. Ce n'est pas comme s'il devait éviter sa dirlo pour s'introduire de manière illégale aux archives, lui.

> Parfait. Bonne soirée

J'approche mes yeux tellement près de l'écran que je menace de rentrer dedans. Il vient vraiment d'écrire plus de deux mots d'affilée ?

Tu n'as pas eu trop de problèmes ? m'envoie-t-il avant que j'aie eu le temps de déterminer ce que je pense de ce message.

> Si. Mais c'est pas très grave

> Désolé

> Pas ta faute

> Oui un peu

C'est vrai, tapé-je avec un sourire, trop heureuse de lui apprendre un truc. *Mais on dit « si », et pas « oui ».*

> Pourquoi ?

> Parce que tu n'es pas d'accord avec une phrase négative

> Ah

> Merci

Est-ce vraiment la même personne que j'ai vue ce matin ? Finalement on peut peut-être collaborer sans se sauter à la gorge. Dieu merci.

C'est bien une ligne sécurisée ? demandé-je après un moment.

> Non, le monde entier a accès à cette discussion

Ah, le revoilà, le grincheux sarcastique de ce matin.

> Très amusant

> Donc le monde entier sait à quel point tu es charmant

> Et à quel point tu es drôle

Quand je me réveille, mes cheveux ont l'air épuisés, eux aussi, et c'est sûrement une bonne chose que sois privée de sortie, finalement.

En me le rappelant, j'ai un accès de claustrophobie et je fonce courir dans la salle d'entraînement… ce qui ne réussit qu'à me frustrer encore plus, parce que j'ai la nette impression d'être un hamster en cage.

Là-bas, je croise un paquet de mes coéquipiers, qui ont tous exactement la même réaction : ils clignent des yeux, me fixent un instant, me lancent « Kenza ? Mais qu'est-ce que tu fais là ? Tu ne cours pas dehors ? ». Ce à quoi j'ai toujours la même réaction : j'inspire à fond, je secoue la tête et je rétorque « Je change de paysage ! C'est cool de me mesurer à vous.., enfin, ça ne m'apprend rien, mais… ». Ensuite, nous faisons la course. Et cinq minutes plus tard, ça recommence.

Après la course la plus stressante de toute mon existence, je monte me laver et me changer, avant de rejoindre Lya au réfectoire. Elle boit son café et m'adresse un sourire désolé quand je m'assois en face d'elle.

—Ça va ?

—Je vais devenir folle, lâché-je. Mais j'ai pas le choix, pas vrai ?

—Si tu te tiens à carreau un moment, je suis sûre que…

—Tu veux du pain au lait ? coupé-je avec une grimace.

Je n'ai pas envie d'en parler.

Le problème, c'est surtout que je n'ai pas du tout l'intention de me tenir à carreau. Je dois voir Zayn, ce week-end, donc je dois fouiller les archives toute la semaine, et ça va être très compliqué de ne pas se faire pincer. De toute façon, au point où j'en suis…

Ce matin, nous avons une session de combat rapproché. L'Académie est très stricte à ce sujet : notre vocation est de protéger, non de blesser. Ainsi, nos techniques se basent sur de l'auto-défense et de l'immobilisation, principalement. Les instructeurs aiment cependant à nous répéter qu'un combat est toujours dangereux, et que, parfois, on n'a d'autre choix que de faire mal. Très mal. C'est pourquoi nos sessions de combat sont systématiquement suivies de sessions de tir.

La première fois, j'étais très impressionnée, parce que je n'ai jamais eu l'intention de tirer sur quelqu'un. Même pour ma propre vie, je ne suis pas sûre d'être capable d'appuyer sur la détente. Ceci dit, je vise plutôt bien, alors les profs me fichent la paix.

C'est à une session de tir que j'ai rencontré Lya. Elle avait les mains tremblantes et le professeur, bien que patient, lui avait expliqué pendant un long moment qu'il était possible qu'un jour, il lui faille se défendre avec une arme.

Quand nous étions sortis, je l'avais interpelée. C'est au cours de cette discussion qu'elle m'a confié son projet de mettre au point des armes qui ne tueraient personne, même si la situation est affreusement dangereuse. De plus, elle cherchait également un moyen de contrer les armes plus… traditionnelles que des criminels pourraient utiliser.

Son prototype le plus réussi jusque-là est ce petit bijou de pistolet à pâte rose. Pour l'instant, il n'est pas capable de neutraliser quelqu'un mais je suis sûre qu'un jour il entachera bien plus que la dignité.

Je me place sur le tapis en face de Lya pour la session de combat rapproché.

—C'est parti ! s'époumone Monsieur Carlson.

J'adore Lya, et elle plutôt douée, en combat. Mais aujourd'hui, je suis une véritable boule d'énergie.

—Samba, éliminée ! Fischer, prenez sa place !

Chaque fois qu'un agent est mis au tapis, un autre le remplace face au vainqueur, jusqu'à ce qu'il ne reste plus que les deux meilleurs, qui s'affrontent à leur tour.

—Prête ? demande Tobias avec un sourire.

Je hoche la tête, confiante :

—C'est quand tu veux.

—C'est parti ! hurle Monsieur Carlson en lançant la seconde vague de combats.

Tobias tente de me prendre par surprise en profitant de ma petite taille. Le truc, c'est que j'ai l'habitude, et que ce n'est plus une faiblesse à partir du moment où je sais que c'est le premier réflexe de mon adversaire. Je m'accroupis et lui fauche les jambes dans un mouvement circulaire.

—Ah !

Il tente de s'accrocher à moi pour se relever, mais je tombe en grand écart avant qu'il n'en ait l'occasion, et il s'écrase sur le tapis.

—Fischer, la prochaine fois, on observe !

Tobias fait une grimace et sort du tapis, penaud. Viens ensuite Ahmad, puis Cassandre, puis Ashley, puis Yuki, puis Mamadou, puis Rodrigo, puis… plus personne.

—Félicitations, Bensalah, c'est vous la championne du jour ! déclare Monsieur Carlson. Prenez-en de la graine, vous autres ! C'est ce que j'appelle de la combativité ! Allez ! Filez vous laver, maintenant ! Vous empestez !

Tout le monde rit en se dirigeant vers les douches.

—Hé ! T'as mangé quoi, ce matin ? me lance Mamadou en me donnant une tape dans le dos. Tu nous as humiliés !

Nouvel éclat de rire général, auquel je me joins de bon cœur.

—Promis, la prochaine fois, je vous ménagerai ! plaisanté-je.

—Tu rigoles ?! s'écrie Ashley en secouant sa queue de cheval blonde. Surtout pas ! Tu déchires, Kenza !

—Donne-moi des cours, supplie Mamadou en s'agenouillant.

—Nan, la place est déjà prise ! décrète Yuki en glissant son bras sous le mien.

—Ah non, hein, s'offusque Tobias. C'est moi qui voulais lui demander !

—Trop tard !

—Quoi ? Mais moi aussi ! fait Ashley.

C'est alors que Lya fend l'attroupement.

—Bien essayé, mais c'est moi, sa coéquipière. Prenez donc rendez-vous !

Franchement, ça me fait chaud au cœur. J'ai le sourire jusqu'aux oreilles quand je vais me laver, puis toute la journée de cours, puis toute la… Bon, d'accord, la nuit me fait péter un câble. Il y a trop de dossiers ! Je n'y arriverai jamais ! Jamais !

Heureusement que j'ai le coéquipier le plus bavard de la Terre pour me tenir compagnie !

J'ai assez rapidement balayé mes doutes en ce qui concerne le fait de faire connaissance. Personnellement, si je ne connais pas mes coéquipiers, j'ai du mal à leur faire confiance. C'est peut-être un défaut pour un agent, mais je pense que c'est une bonne chose pour un humain.

En plus, je crois que mes questions l'énervent, et rien ne pourrait me faire plus plaisir.

> Pourquoi tu ne fais pas équipe avec quelqu'un du MI6 ?

> Le MI6 est gouvernemental. Je ne suis même pas supposé enquêter sur des affaires internationales si ce n'est pas dans l'intérêt du pays

> Si tu aimes ça tu devrais rejoindre Interpol

C'est seulement après avoir envoyé ce message que je me rends compte de ce que j'ai dit. Pitié, Seigneur, tout sauf voir ce mec tous les jours avec mes coéquipiers. Je réprime un rire en l'imaginant avec mes copains à la cafèt'.

> Je ne sais pas

C'est pas possible de réfléchir en décalé à ce point ! Je réprime un gémissement en me tapotant le nez.

> C'est comment ?

> Sûrement pareil que chez toi. On a des dortoirs à deux (je partage ma chambre avec Lya), une salle d'entraînement que je déteste parce qu'elle est fermée, une salle commune pour les filles et une autre pour les garçons, une cafétéria avec un chef super doué, et des instructeurs plus ou moins sympa

> Je ne te demande pas dans quelle catégorie se trouve ms K

Je manque d'exploser de rire. Finalement, cette mission a l'air de bien se déroul…

> Tu peux toujours laisser tomber

Attendez, quoi ?

> Pourquoi je ferais ça ?

> Cela ne te concerne pas vraiment. Je veux dire que je comprends si tu ne veux pas t'attirer plus de problèmes

Je me tapote le nez. Pourquoi m'en aurait-il parlé s'il n'avait pas voulu un peu d'aide ? Je ne comprends pas qu'il se retire aussi vite.

> T'as peur que je te moucharde à Mme K ou quoi ?

Je fixe l'écran un moment avant d'ajouter :

> Tu regrettes de m'en avoir parlé ?

Après ça, je n'ai plus de réponse pendant cinq bonnes minutes – ce qui est affreusement long, quand on est seule dans le noir. Je commence à croire qu'il ne veut pas répondre parce que j'ai vu juste.

> pas vraiment

Est-ce une bonne nouvelle ? Je ne sais pas. En plus, il n'a pas mis de majuscule, ce qui signifie que ce n'est pas la première chose qu'il a écrite. Est-ce qu'il cherchait les mots ? Est-ce qu'il avait voulu me dire autre chose ? Pourquoi s'est-il ravisé ?

C'est ça, le gros problème, quand on est une fille *et* une espionne (c'est en tout cas mon avis) : on passe son temps à analyser encore et encore des évènements sur lesquels on ne dispose pas de données suffisantes. On le sait très bien, qu'on n'a aucun moyen de déduire la vérité. Et pourtant, on essaie quand même…

CHAPITRE 9

…toute la nuit, parfois. Bon, ma nuit n'a duré que deux heures et demie, que je résumerais ainsi :

1) Cette enquête est une vraie galère
2) Pourquoi j'ai dit oui, déjà ?
3) Cette enquête est une vraie galère.

Extrêmement productif, comme vous avez pu vous en apercevoir.

Lya pense que je perds mon temps, et je ne veux pas l'embarquer dans mes bêtises encore une fois, alors le lendemain soir, je m'introduis une fois de plus seule dans la salle des archives, de nouveau ouverte. Il faudra que je pense à remercier Madame Kha…

—Ahh !

J'étouffe mon cri en plaquant mes mains sur ma bouche.

—Silence ! chuchote la silhouette que j'ai vue.

Prête à me battre, je me calme en remarquant que la silhouette n'est autre que cette chère Madame Khan, qui en plus de peupler mes cauchemars a semble-t-il décidé de me faire faire un infarctus.

—Qu'est-ce que vous faites ici ? bredouillé-je.

Elle referme la porte et revient vers moi.

—Que voulez-vous que je fasse ?

Elle traverse la pièce jusqu'à l'écran de l'immense ordinateur, et je remarque qu'elle y a branché une tablette tactile.

—Allez, qu'attendez-vous ? me presse-t-elle en désignant une chaise à côté d'elle.

Donc, ôtez-moi d'un doute : je vais vraiment m'adonner à une séance de recherche nocturne —et illégale— avec la professeure la plus tyrannique que j'ai jamais rencontrée ? OK… Peut-être est-ce mon premier pas vers la folie.

—Zayn vous a fait un topo, j'imagine, dit-elle, le nez collé à l'écran.

—Oui, confirmé-je en hochant la tête. Mais nous n'avons pas beaucoup d'informations.

—C'est la raison de notre présence.

Je hausse les épaules et me consacre aux affaires non élucidées entre 2007 et 2008, reprenant mes recherches d'hier. Les affaires n'ont aucun lien. C'est absolument incompréhensible.

Il y a eu un vol le 14 juillet 2007 au Brésil, puis un cambriolage de banque le 7 septembre en Russie, puis plus rien jusqu'au 12 juin de l'année suivante, où on a volé un tableau en Angleterre.

Une suite de cambriolages à différents endroits du globe, à des dates complètement différentes et *a priori* aléatoires… J'ai du mal à croire qu'une seule personne, ou même une équipe de cambrioleurs, puisse reproduire ces casses quinze ans après, alors que rien ne dit que ces affaires ont été effectuées par la même personne.

Pourtant il doit y avoir un schéma. Les criminels en ont toujours un. C'est inconscient, mais c'est réel. Et c'est en général ce qui permet de leur mettre la main dessus. J'en ai des boutons rien que d'y penser, mais je devrais peut-être poser la question à Zayn, il doit avoir approfondi le sujet, puisqu'il se spécialise dans le profilage

Abandonnant l'année 2008, je me propulse à cette année, où je vérifie les dates des casses, qui ne correspondent toujours pas.

On a un rubis volé le 17 mars en Afrique du Sud. C'est l'affaire non élucidée la plus récente. Il n'y a rien dessus. On sait qu'il y a eu effraction, mais on ignore comment. Les vigiles jurent ne pas avoir quitté leur poste, et aucune alarme ne s'est déclenchée. Les caméras étaient branchées 24/24, et personne n'a rien vu. C'est comme s'il n'y avait eu personne.

—Ils ne volent jamais la même chose, fait remarquer Madame Khan après une bonne heure de recherches. Ce sont toujours des cambriolages, mais jamais les mêmes cibles.

—Et jamais les mêmes dates, ajouté-je. Jamais aux mêmes intervalles de temps.

Je soupire.

—Il n'y a aucune logique. On dirait qu'on a affaire à une immense conspiration de cambrioleurs tout autour du globe.

Madame Khan secoue la tête :

—Il a toujours une logique, mademoiselle Bensalah. Peu importe le nombre de complices.

Je fixe mon écran et retiens un bâillement.

—Allez vous coucher, dit-elle.

—Non, non, ça va, assuré-je en clignant des yeux.

Elle se tourne vers moi et me regarde d'un œil sévère.

—Vous ne pouvez pas passer toutes vos nuits ici sans faire de pause. Filez. Je vous informerais si jamais je trouve quelque chose.

—Mais…

—Allez.

Vaincue, je me lève du siège qui a maintenant pris la forme de mon corps et traverse la salle. Avant de sortir, je me retourne :

—Merci, Madame Khan.

Elle ne répond pas. Je hoche la tête et me faufile en vitesse jusqu'à un couloir où j'ai le droit de me trouver, à cette heure-ci.

Plusieurs agents sont dans la salle d'entraînement, d'autres sont à la bibliothèque. Quant à moi, je vais jusqu'à ma chambre et m'écroule sur mon lit. Le lit de Lya est vide, elle doit sûrement être à la bibliothèque ou à la salle informatique. Je consulte l'heure sur mon portable, et en plus de voir qu'il n'est qu'une heure du matin, j'ai un nouveau message.

Je sais que c'est ridicule, surtout que je n'ai rien trouvé aujourd'hui non plus, mais une minuscule partie de moi espère que c'est Zayn.

Faisons une pause ici, si vous le voulez bien.

Il me tape toujours sur le système, et j'ai rarement été plus heureuse dans ma vie que quand je lui ai cloué le bec. Je n'aime pas non plus qu'il ne me fasse qu'à moitié confiance et que de façon générale il me prenne pour une idiote.

Mais —et c'est un « mais » à prendre avec beaucoup de précautions, je dois bien reconnaître, si j'arrive à ne pas m'étouffer en l'écrivant, qu'il en a dans le crâne, et c'est quelque chose que je respecte.

C'est aussi mon premier et seul vrai coéquipier à ce jour, et aussi pénible soit-il, Zayn est quand même mon équipe.

> Tu es éveillée ?

Franchement ? Non. Je suis dans un état presque somnambule.

> Oui. Tout va bien ?

> Il est tard

> Pas tant que ça

> On ne peut pas faire de nuit blanche tous les soirs

> Mais il me semble qu'il n'y a que moi qui fouille…

> Tu fais quoi, toi ? ;P

> Elle est bonne, celle-là

J'aime tellement l'agacer.

On a convenu qu'il inspectait les cas tels que renseignés par la police locale –parce que monsieur aime frimer avec ses douze langues et dialectes, et que je m'occupais des archives d'Interpol.

On discute un moment du boulot, du fait que Madame Khan a fouillé les archives avec moi, ce soir, et je finirais presque par le trouver marrant, en certaines rares occasions.

Mais je me ravise vite.

Parce que je sais que s'il devient drôle, je risque de finir par vraiment flasher sur lui, et je ne peux pas me le permettre, parce qu'on bosse ensemble.

C'est pas très productif, de flasher sur un collègue.

> Sérieusement, on doit changer de méthode

> Si on alternait ?

> Très bien, je commence

Si ça peut lui faire plaisir…

> Parfait, bonne soirée

Et je m'endors sans attendre de feu vert.

Parce qu'au cas où ce ne serait pas clair, je n'ai pas de supérieur dans cette mission.

Quoi ? Oui, c'est ma première mission, je sais.

CHAPITRE 10

Je passe les journées suivantes à donner mon maximum en cours, et les nuits à faire des recherches avec Madame Khan aux archives et à envoyer ce qui n'est juste qu'un rapport entre *collègues de même hiérarchie*.

Bref, passons. Cela fait une semaine que je dors difficilement plus de quatre heures par nuit, et, bizarrement, je pète la forme ! Mais je n'ai pas appris grand-chose, et je commence à croire que ces crimes vont rester non élucidés. C'est compliqué, parce que peu importe ce que moi, Zayn ou Madame Khan découvrons, ça ne mène nulle-part, ce ne sont que des informations minuscules, qui ne semblent pas relier les vols.

—Il y a une vente aux enchères, demain soir, fait Madame Khan le jeudi soir.

Je lève le nez : elle ne me parle presque jamais, et encore moins pour me donner des infos.

—Où ça ?

—Ici, dans le troisième arrondissement. Il y aura des vases précieux, notamment.

—Et vous pensez qu'ils voudront les voler ? Il doit y avoir des ventes aux enchères tous les jours dans le monde, non ?

Elle lève les yeux au ciel comme si j'étais stupide.

—Si je vous en parle, c'est que celle-ci est particulièrement importante. En ce qui me concerne, j'irai à une autre vente qui se tient à Berlin. Je vous demande de vous occuper de celle-ci avec Zayn. Les vases sont des objets qui n'ont jamais encore été volés, et ils sont bien sur la liste des affaires non élucidées de ces quinze dernières années.

Elle est en train de m'envoyer sur une mission, là ?

Je suis à deux doigts de sauter de joie, mais je me contiens. Après tout, ce n'est pas une victoire totale : je dois encore me coltiner le neveu.

—J'ai le droit d'y aller ? demandé-je bêtement.

Nouveau soupir.

—Mademoiselle Bensalah, vous vous êtes retrouvée mêlée de façon inopinée à une enquête indépendante de l'Académie, donc oui, vous avez le droit d'y aller, enfin.

Elle n'a pas l'air ravie, mais je prends quand même.

Ma première mission de terrain, waouh !

—Je risque pas de me virer, si je me fais prendre ? hasardé-je quand même avant de quitter ma drôle de prof, aux alentours d'une heure du matin.

Elle me jette un regard presque complice.

—Faites en sorte que ça n'arrive pas.

36 heures pour préparer une intervention de terrain, c'est plus que short.

Surtout qu'il est absolument impossible que je puisse sortir un vendredi, donc je dois planifier ça avec Zayn à distance.

—Tu es Khalissah Bint Zouhir, riche héritière en provenance des Emirats Arabes Unis. Tu as un faible pour tout ce qui touche à la Chine et son histoire et c'est pourquoi tu as fait le déplacement jusqu'en France.

Je baisse le son de l'appel d'un cran supplémentaire, juste au cas où.

La riche héritière en devenir se trouve actuellement dans la cage d'escaliers qui mènent aux cuisines, seul endroit où les caméras de l'établissements ne retransmettent pas le son.

—Et toi, tu es mon garde du corps ? lancé-je d'un ton espiègle. Oh ! Je pourrais avoir les lunettes de soleil hyper chères qu'elles ont toujours, ces filles ?

J'entends un bruit que je décide de prendre pour un rire parce qu'après tout je suis hilarante.

—…Je suis vigile dans la salle, poursuit-il sans même me répondre, le bougre.

Nous complotons comme ça un moment. Les vases sont prévus pour 19 h 05, je ne dois pas participer aux enchères, juste regarder. On n'est que deux, sur cette mission, alors on la joue tranquille et on n'intervient qu'en cas d'extrême urgence.

— Il y a des tableaux prévus avant les vases… Des vases chinois qui datent de la dynastie Ming, croit-il bon de préciser.

—Ce qui nous intéresse parce que… ?

Il se tait tellement longtemps que j'éclate de rire.

—Si tu veux prendre la direction de l'opération, vas-y, je te regarde, s'agace-t-il.

—Alors, déjà, tu n'es à la direction de *rien du tout*, aux dernières nouvelles, parce que j'avais déjà toutes ces infos par Madame K, commencé-je. Ensuite, je le ferais avec un grand plaisir, mais du coup je devrais me procurer moi-même mes lunettes de soleil, et j'ai cours, là.

Je l'entends presque lever les yeux au ciel.

—Très bien, alors…

Je lui raccroche au nez parce que j'entends des pas.

Vite, je m'aplatis contre les escaliers en priant pour que personne ne passe par là.

Une seconde, deux secondes, trois secondes.

Après une éternité et un retard certain au cours suivant, je sors de ma cachette et me précipite en Géopolitique avancée. Ce faisant, évidemment, je croise Tobias.

—Tiens, tiens, salut, Kenza, quoi de neuf ? Un peu en retard, non ?

Je grimace et me compose un sourire innocent.

—Comment ça va ? Un peu, c'est vrai, mais comme d'habitude, non ? Et toi ?

Il hausse un sourcil moqueur comme il le fait souvent et agite la feuille d'appel.

—C'est mon tour, cette semaine.

—Ah, c'est vrai, eh bien allons-y, alors !

Nous remontons le couloir d'un bon pas jusqu'à ce qu'il se penche légèrement vers moi.

—Au fait, maintenant que Yuki est au courant, tu peux bien me raconter vos aventures, non ?

Je manque de rire.

—Oh, c'est « Yuki », maintenant ?

—Seulement quand elle n'est pas là.

—Ah, parce qu'elle risquerait de comprendre que c'est l'amour de ta vie ?

Tobias prend la couleur de la sauce tomate des fraises de ce matin.

Quoi, ne me dites pas que vous n'aviez pas compris ? Ils sont tellement mignons !

—Je meurs de rire, Kenza, vraiment, lance-toi dans le *stand up*, fait-il dans une pitoyable tentative d'indifférence.

Hilare, j'ouvre la porte de notre cours de Géopolitique avancée.

—Bensalah, en retard, lâche immédiatement Madame Carter avec son petit accent québécois que j'affectionne autant qu'elle.

—Pardon, madame, soufflé-je en me glissant à côté de Lya.

—Tu faisais quoi, encore ? s'agace ma copine de chambre.

—Et avec Fischer, en plus ! chuchote Yuki devant nous.

Je résiste à la tentation de lui balancer des sous-entendus à la figure, à elle aussi, parce que ce pauvre Tobias est vraiment à fond sur elle. Je ne voudrais pas tout gâcher.

La salle est un petit amphi assez grand pour une trentaine de personnes, tout en inox et métal, au cas où vous n'auriez pas encore compris le thème de décoration de notre charmante Académie.

—Un coup de fil, j'ai pas pu raccrocher plus tôt, me justifié-je en sortant ma tablette. J'ai raté quoi ?

—Sahara occidental.

—Oh, facile !

Je n'écoute qu'à moitié, agitée. Cette mission, ce n'est pas une blague ; et si je faisais tout rater ?

—Kenza, qu'est-ce que tu as ? souffle Lya au bout d'un moment.

Elle doit sans doute en avoir marre de voir mon genou tressauter sous la table depuis vingt minutes.

—Plus tard.

Elle hausse un sourcil, comprend de quoi il s'agit, puis me gratifie de son légendaire regard méprisant qu'elle ne sort que quand on parle de Zayn.

Je sais qu'il n'est pas le plus fun de la Terre, mais il n'est pas si…

Mais qu'est-ce que je raconte, moi ?

CHAPITRE 11

—J'aime pas ça, mais alors, pas du tout, grommelle Lya alors que je boucle ma sacoche.

—Oui, j'avais comme un pressentiment que tu dirais ça, renvoyé-je sans la regarder.

Il est 18 heures, et si je ne me dépêche pas, je risque de louper la vente aux enchères.

—Tu veux venir ? lancé-je à la cantonade.

À ma grande surprise, Lya ne réfléchit même pas.

—Oui, fait-elle en fourrant son ordinateur dans son sac.

Je hausse les épaules, ravie : avec Lya, c'est toujours plus marrant.

—Madame Khan pense que c'est une vente qui peut coller avec les affaires non élucidées de ces dernières années, lui dis-je dans la voiture.

On s'est tant bien que mal faufilées à l'extérieur, évitant de justesse Monsieur Carlson qui passait devant l'ascenseur. Florent a bien failli nous balancer, cette fois, mais la présence de Lya en quelque sorte servi de ticket de sortie.

Malya est une bonne élève, vous comprenez. Elle ne fait pas bêtises comme sa turbulente camarade, alors si elle est de la partie, c'est comme si la directrice elle-même avait validé l'escapade.

Alors que nous arrivons près du lieu de rendez-vous, je me félicite de la tournure que prennent les événements, et j'avoue que j'en oublierais presque mon problème principal…

—Tu m'expliques ?

Zayn n'est pas souvent content, je dois bien le reconnaître. Ou alors, il le cache très bien.

Mais là, quand même, je vois bien qu'il n'est *vraiment* pas content.

Nous sommes dans le parking d'un supermarché à plusieurs pâtés de maison du lieu de la vente. Zayn croise les bras et agite le pied comme un célèbre lapin.

—C'est très bien, comme ça, argué-je. Lya reste là et elle gère l'extérieur, et pour nous, rien ne change !

—Tu es spectaculaire…

Je me fends d'une révérence moqueuse.

—Merci de le remarquer.

Il semble à deux doigts de piquer une crise alors je réprime un rire et je finis de récupérer mon super déguisement, à la place.

Je n'ai aucune intention de restituer ni les lunettes de soleil, ni ce foulard en soie. Jackpot et merci à Zayn.

—Allez, ne sois pas comme ça et viens, fais-je en ajustant mon oreillette.

—Je pars devant, chose que tu saurais si tu prêtais attention au programme.

—Du calme, Zayn, du calme, pars devant, voilà, ça va mieux ?

Il devient écarlate et je ris encore.

—Les vigiles sont en train de se relayer, informe Lya à voix haute et dans nos oreillettes.

Installée à l'arrière de sa voiture avec son ordinateur sur les genoux, elle ressemble à la plus cool des geeks dans le fauteuil. Cette fille est mon héroïne.

Je suis tellement contente qu'elle soit venue avec moi. Peut-être qu'elle pourrait rejoindre l'cnquête ? Peut-être qu'on pourrait faire une super équipe et qu'on aura un cadre dans la salle des héros pour notre contribution illégale mais capitale ? Oh, ce serait tellement…

—Kenza, dépêche-toi.

La voix de mon charmant coéquipier interrompt mon délire.

—Juste pour clarifier, mission ou pas, tu vas arrêter de me parler comme à un chien, c'est clair ? D'ailleurs, je ne bouge pas tant que je n'ai pas eu des excuses.

J'entends Lya pouffer dans mon oreille.

—C'est sérieux ? On n'a pas le… (Silence.) Je suis désolé.

Je souris.

—Pardon ? Pas bien entendu ?

—Tu as *très bien* entendu, mais je répète : je suis *désolé*. Est-ce que tu peux accélérer un peu, *s'il te plaît* ? Les enchérisseurs commencent à être nombreux.

—Mais bien sûr, chantonné-je pendant que Lya explose franchement de rire.

—Je retire tout ce que j'ai dit sur toi, Zayn, tu es très drôle.

—Merci, soupire Zayn d'un ton résigné.

Pendant ce temps, je suis montée dans la limousine que nous avons louée en catastrophe hier soir et celle-ci me dépose à peine quelques rues plus loin.

Je progresse, tout en robe longue et talons hauts jusqu'à l'entrée de l'immense salle avec vigiles. Je reconnais Zayn à l'entrée et admets que sans lui, il aurait été plus difficile de passer.

—Nom ?

—*Kh*alissah Bint Zouhi*rr, dear*, roucoulé-je avec mon plus bel accent émirati.

Il y a quelque chose de si chic dans le mélange d'arabe et d'anglais que je me sens vraiment comme cette Khalissah. Mon grand destin qui m'appelle, sans doute.

—*Welcome, ma'am*, intervient Zayn en agitant sa fiche sous le nez de la dame de l'accueil pour lui dire qu'il a trouvé mon nom.

Elle hoche la tête et m'invite à entrer d'un geste.

Il me lance un regard du style « je savais bien que t'aurais besoin de moi », et je me fais un plaisir de l'ignorer royalement derrière mes lunettes de soleil hors de prix.

Je progresse dans l'immense salle et me fond au milieu des enchérisseurs. C'est le moment que je choisis pour retirer mes lunettes de soleil afin de m'approcher des objets exposés.

Il y a de belles peintures, quelques bijoux, de la vaisselle…

—C'est un beau tableau, n'est-ce pas ? me dit un homme en venant se poster près de moi.

Je me fige : je connais cette voix.

J'entends Lya jurer dans mon oreillette.

—Kenza, c'est Carlson.

Carslon comme dans Monsieur Carlson mon instructeur à l'Académie ?

Oh, oh.

—Qu'est-ce que vous faites ici, Bensalah ?

L'air s'évapore de mes poumons.

—Je…

Je n'ai aucune idée de comment terminer cette phrase, et ça tombe plutôt bien, parce que l'alarme de sécurité se déclenche.

CHAPITRE 12

PIN ! PON ! PIN ! PON ! PIN ! PON !

—On annule tout, sortez d'ici, ordonne Lya.

—T'en as de bonnes, toi ! s'écrie Zayn d'une voix haletante.

La sirène nous perce les tympans, et j'en profite pour fausser compagnie à Monsieur Carlson.

—Bensalah ! crie-t-il au milieu du concert de voix paniquées qui emplissent maintenant la pièce.

Vite, je cours, je bouscule, je me faufile au milieu des invités. Avant de partir, je dois voir…

—Les vases ! grincé-je dans l'oreillette.

—Laisse tomber, Kenza, s'agace Lya.

—On bloque les issues, personne ne sort, prévient Zayn. Kenza, monte les escaliers.

Il est marrant, lui. Monsieur Carlson me cherche dans la foule, je dois changer d'apparence.

Vite, je cours aux toilettes et je laisse à regret mes lunettes et mon joli foulard. Je retire ma robe et me retrouve en tailleur noir.

Une tenue de vigile, voilà qui est mieux.

Je ressors et grimpe les escaliers au pas de course.

—Tu as vu quelque chose ?

—Hiiii ! m'écrié-je en frappant sans réfléchir.

—Aïe ! s'agace Zayn en saisissant mon mollet avant que mon talon haut n'arrive dans sa figure. C'est moi, du calme.

Je baisse le pied en rougissant.

—Tu m'as fait peur !

Tap, tap, tap…

—Quelqu'un arrive, prévient Lya.

Il me pousse dans une pièce au hasard et verrouille lentement la porte.

—Hé !

—Chht. Aide-moi, s'il te plaît.

Nous tirons une grande armoire devant la porte en silence. Cette pièce ressemble à un genre de débarras mais en plus chic. Il y a des vêtements accrochés à un portant, une armoire qui contient du matériel ménager, et plusieurs paires de chaussures.

—C'est ce qu'on appelle une grosse cata, commenté-je.

—Tu n'as rien vu ?

Je secoue la tête.

—Mais Carlson m'a bien vu, lui. Il m'a reconnue, je suis fichue !

Les pas s'arrêtent devant notre porte, nous nous plaquons contre le mur. Mon cœur bat jusque dans mes oreilles.

Couic !... Bang, bang, bang !

—Il y a quelqu'un ? crie-t-on de l'autre côté.

Je jette un regard paniqué à Zayn, qui pose un doigt sur ses lèvres. Il dégaine lentement un taser… mais les pas s'éloignent.

Nous relâchons l'air de nos poumons.

—On n'a pas beaucoup de temps…

Je fais le tour de la pièce. Plusieurs fois.

—La fenêtre est beaucoup trop haute, et il y a des caméras à l'extérieur, on vous verrait, me souffle Lya.

—Tu as autre chose que des mauvaises nouvelles ? chouiné-je en ouvrant tous les tiroirs que je croise.

—Kenza, commence Zayn alors que je continue ma perquisition des tiroirs. Kenza…

—Non, non…

—Kenza !

—Quoi ?! hurlé-je presque. Ne me crie pas dessus !

—Je n'ai pas crié, c'est toi qui cries ! Calme-toi !

—Je vais me faire virer, Zayn, t'entends ?! J'ai pas le temps de réfléchir pendant des heures !

—Bouclez-la tous les deux ou je viens vous chercher par les oreilles ! gronde Lya depuis la voiture. Vous allez vous faire repérer, à crier comme ça.

Je me tais et me laisse glisser contre un mur, les genoux contre la poitrine. Zayn reste planté comme un imbécile à côté de la porte, sans doute pour écouter d'éventuels pas.

Le silence s'installe, excepté pour Lya qui pianote comme une folle dans mon oreille.

—Ils sont en train de réunir les enchérisseurs dans la salle, dit alors ma copine. Ils fouillent tout le monde. C'est pas le moment de sortir. Attendez un peu.

C'est ce moment que Zayn choisit pour être raisonnable et arrêter d'écouter le mur comme un braqueur de banque. Il se tourne vers moi et me regarde un peu trop longuement à mon goût.

—Quoi ? demandé-je.

Il fait un pas vers moi.

—Tu vas bien ?

—Je sais pas, à ton avis ?

C'est injuste, je le sais. Mais je suis tellement en colère que je n'arrive pas à m'excuser.

—Je ne t'ai pas forcée à venir, s'agace-t-il.

—Ah, mais t'es bien content que je l'aie fait, non ? C'est pratique, c'est moi qui prends !

—Eh, ce n'est pas ma faute si tu es déjà à ça de te faire virer.

Je hausse les sourcils.

—*Quoi ?*

Lya s'agite dans mon oreille.

—Calmez-vous, les enfants, dit-elle d'un ton un peu trop inquiet pour sa plaisanterie.

Je me lève et m'approche, pas après pas.

—Alors, tu m'écoutes attentivement, OK ? Je ne t'ai rien demandé et ton avis ne m'intéresse pas, parce que si tu étais si compétent, tu n'aurais pas eu besoin de moi. Et pourtant, me voilà, coincée avec toi pour ce qui s'annonce l'heure la plus longue de mon existence ! Alors, pour que les choses soient bien claires, tu n'es pas mon chef, et tu t'es autant planté que moi. Et peut-être bien que je vais me faire virer, mais moi, au moins, ma tante m'a pas envoyée dans ce traquenard.

Son visage se tort et je vois bien que je lui ai fait mal.

—Si tu ne t'attachais pas autant à ne pas être sous ma responsabilité, peut-être qu'on pourrait travailler mieux que ça.

Il recule et s'appuie contre un mur, analysant chaque recoin de la pièce du regard.

Je croise les bras et retourne m'asseoir sur le sol. Le temps passe et je me surprends à verser une larme. Puis une autre.

Lya finit par lâcher d'une voix concentrée :

—Ils commencent à laisser les gens repartir, ils n'ont rien trouvé. Attendez encore cinq minutes.

—Samba ? hasarde Zayn.

—Quoi ?

—Les conduits d'aération, tu sais où ils arrivent ?

—À l'air libre ? ironisé-je.

—Prenez-les, tranche Lya.

Zayn sort un tournevis et me le tend.

—Je te fais la courte-échelle.

Les lèvres pincées, j'attrape l'outil et retire mes chaussures. Je m'appuie sur son épaule et il me propulse à l'aide de ses mains en coupe.

—Oulah, soufflé-je en perdant l'équilibre. Tiens-toi droit.

—Ah, tu penses ? lance-t-il en ne bougeant pas d'un millimètre.

—Lya, s'il n'y en a qu'un de nous qui sort d'ici, je plaide coupable.

—Oh, mon Dieu, vous êtes terribles, on dirait mes parents ! réplique-t-elle.

Là, tenez-vous bien, parce que le grand gaillard me laisse littéralement tomber sur le sol comme une mouche. Le dos en compote, je regarde Zayn, furieuse :

—Euh… Aïe ?! Le sol était pas assez stable pour toi ?

Il se relève et s'accroupit à nouveau pour que je grimpe.

—Je peux te faire confiance, cette fois ? demandé-je, contrariée.

—Excuse-moi.

—Bah, oui, j'espère bien que t'as pas fait exprès.

—Non, excuse-moi pour tout à l'heure.

Il est là, à genou, en train de me présenter des excuses. Si je n'étais pas aussi en colère, je pourrais trouver ça drôle.

—C'est bon, laisse tomber, expédié-je.

—Non, vraiment, j'ai eu tort.

—Je te le fais pas dire.

Il inspire longuement.

—Tu es un bon agent, Kenza, je suis désolé.

Je le regarde longuement, puis lui fais un grand sourire espiègle.

—Si c'est toi qui le dis ! lancé-je gaiement, déterminée à lui faire perdre la tête une fois pour toutes. Bon, on y retourne ?

Il me regarde comme si je débarquais de la planète Mars, pendant que j'ouvre la trappe et grimpe dans le petit conduit d'aération en riant.

Une fois en haut, je me retourne :

—Au fait, tu passes, là-dedans ?

—Il faut essayer, sinon tu peux toujours me laisser là.

—Ne me tente pas. Comment tu vas atteindre le… (Il court sur deux pas, s'appuie du pied contre un mur et saute vers le haut,

attrapant le conduit dans un bruit sourd. Le tout en costume.)
…plafond… ? achevé-je. Au temps pour moi, bien joué.

C'est peut-être la première fois, mais il sourit.

—Allons-y.

CHAPITRE 13

—OK, bravo, les jeunes, reconnaît Lya quand nous la rejoignons à la voiture. C'était un fiasco, mais vous avez réussi à ne pas vous étrangler et, pour ça, je vous félicite.

Je lui tire la langue alors que Zayn croise les bras.

—Qu'est-ce que Monsieur Carlson fichait ici ? lâché-je, me souvenant de mon énorme problème.

—Aucune idée, admet Zayn. Interpol n'était pas censé intervenir à cette vente. Pas selon mes informations.

—Et elles sont fiables ? lance Lya.

—Ce qui est fiable, c'est sa tête quand il m'a vue ! gémis-je en montant dans la voiture à côté de ma coéquipière, installée au volant.

—Au moins, on a une scène de crime, raisonne Zayn, toujours sur cette stupide histoire de vases alors que je suis dans les ennuis jusqu'au cou.

Nous nous taisons tous les trois pendant que Lya démarre la voiture.

—On te dépose ?

Il pose la main sur le toit de mon côté et se penche légèrement vers l'intérieur de la voiture.

—Non, il ne vaut mieux pas… Merci de votre aide, je suis désolé que ça ne soit pas passé comme prévu.

—C'est pas *entièrement* ta faute, répliqué-je avec un demi sourire. Je suis désolée, moi aussi, je n'aurais pas dû te parler comme ça.

—C'est oublié… Tu m'as beaucoup aidé, tu sais. Toutes les deux. Tu es un bon agent, Kenza, je le pensais.

Il dit ça avec une telle sincérité que, pour un peu, je me sentirais presque rougir.

Presque. N'exagérons rien.

—Oh, je…

—Oh, ne t'en fais pas pour moi, pas besoin de m'inclure ! lance Lya en mettant un point d'honneur à flinguer scs excuses.

—J'espère qu'on pourra continuer à travailler ensemble, achève-t-il quand même.

—Tout dépend de la suite des événements, déclare ma copine. Allez, *salam,* monsieur super espion.

Je ris alors que sa réponse se perd dans le bruit du moteur.

—Bensalah, dans mon bureau, tout de suite.

Aïe.

J'abandonne les filles dans la salle commune pour suivre Monsieur Carlson, qui apparemment a fait le déplacement juste pour moi.

Nous remontons le couloir et prenons l'ascenseur jusqu'à l'étage supérieur, consacré aux différents bureaux des instructeurs. Le bureau de Madame Dupré est encore au-dessus, ce qui signifie que je ne risque pas de la croiser, et je ne saurais être plus reconnaissante pour cela.

—Asseyez-vous, dit-il en ouvrant la porte de son bureau, qu'il partage avec Madame Carter.

J'ai toujours imaginé une petite romance possible entre ces deux-là, mais ce n'est pas le sujet qui nous occupe.

—Bien, vous avez trente secondes pour m'expliquer ce que vous faisiez à cette vente aux enchères, déclare mon prof en s'asseyant à sa place, me toisant de toute sa hauteur.

—Euh… En fait, je…

Je suis complètement paniquée, et je ne sais pas quoi faire. Madame Khan aurait pu lui expliquer, si elle n'avait pas été à Berlin…

—Madame Khan m'a demandé de m'assurer que tout était en ordre à cette vente, finis-je par dire.

Monsieur Carlson hausse un sourcil.

—Vraiment, Bensalah ? Madame Khan a fait ça ?

Je hoche la tête.

—C'est une longue histoire, mais je participe à une enquête indépendante avec elle et elle m'a envoyée là-bas parce qu'elle allait à Berlin. Elle est bien à Berlin, n'est-ce pas ? insisté-je pour corroborer mon témoignage.

Monsieur Carlson doit bien reconnaître que oui.

—Mais pourquoi n'avons-nous pas été prévenus ?

Là, j'avoue que je ne sais pas trop. Les problèmes de communication interpersonnelle de Madame Khan ?

—J'en sais rien, monsieur, mais s'il vous plaît, ne dites rien à la directrice. C'est peut-être pour ça, d'ailleurs, parce que je suis censée être privée de sortie du bâtiment.

Monsieur Carlson croise les bras dans une expression contrariée. En général, les profs m'aiment ou me détestent. Mais Monsieur

Carlson fait partie des instructeurs qui m'aiment vraiment beaucoup.

—S'il vous plaît, monsieur, je vous jure que je ne faisais rien de mal, vous pouvez demander à Madame Khan, elle vous le confirmera.

Il décroise les bras et je remercie le Seigneur, parce que ça veut dire que j'ai gagné :

—Je le ferai, Bensalah, et si c'est un mensonge, vous allez avoir de gros ennuis.

—C'est vrai ? Oh, merci, monsieur ! m'écrié-je, tentée de lui sauter au cou. (Je me recompose une attitude professionnelle :) Hum… Je peux y aller ?

Il se pince l'arrête du nez.

—Disparaissez.

—Bonne soirée, monsieur !

OK, on a frôlé la catastrophe, mais je ne suis pas virée !

Quand je retrouve Lya dans notre chambre, un peu plus tard, elle me lance un drôle de regard :

—Alors ?

—Oh, bah, Monsieur Carlson a dit que…

—Pas lui, Kenza, je me doute que tu n'as eu qu'un avertissement. Je parle de monsieur super espion.

—Quoi ?

—C'était quoi, votre truc, tout à l'heure ?

Instinctivement, je me mets à ranger un peu mon lit et alentours.

—Quel truc ? Y a pas de truc. C'est notre drôle de façon de travailler, j'imagine… ? …Tu sais, tout à l'heure, j'ai vu une fille avec une robe, elle était incroyable, je crois que c'était…

—Kenza, fait-elle d'un air menaçant.

Quand je me retourne, elle a les bras croisés, et j'ai peur de ne pas être capable de finir la journée sans ma dose d'ennuis.

—Euh… Oui ?

—Rassure-moi, tu ne ressens rien pour lui, hein ?

Je pique un fard et décide d'ouvrir un placard pour inspecter mes vêtements.

—Non mais de quoi tu parles, tu l'as vu ? Passe une heure enfermée avec lui et on en reparle. J'ai bien failli l'étrangler, je t'assure !

—Justement…, lâche-t-elle en retournant à son ordinateur d'un ton suspicieux.

Je saute sur son lit pour m'installer en tailleur près d'elle :

—Tu as récupéré quelque chose de la vente ? demandé-je autant pour changer de sujet que pour faire avancer l'enquête.

—J'ai les enregistrements des caméras de surveillance, mais seulement dans le laps de temps où vous y étiez.

—C'est cool… Tu veux bosser avec nous ?

Elle inspire longuement avant de me regarder :

—Je ne suis toujours pas fan de cette enquête, mais je peux jeter un œil à ces enregistrements.

—Merci Lyaaaaa ! couiné-je en l'enlaçant si vite que nous perdons l'équilibre et nous retrouvons étalées sur le sol.

—Aaaah ! Kenza !

CHAPITRE 14

Monsieur Carlson tient parole, et je n'entends pas parler de la directrice d'ici la fin de la journée du vendredi. Cela dit, je suis toujours privée de sortie, sauf qu'il faut absolument débriefer ce fiasco de mission de terrain, et on ne plus faire ça par téléphone, c'est trop risqué.

Le planning risque d'être très serré pour voir Zayn et mes parents ce week-end, tout en évitant de me faire virer...

> Tu es sûr que ce sont les mêmes à chaque fois ?

Il me répond presque instantanément, ce qui m'arrange. Lui arrive-t-il seulement de dormir ?

> Tu peux sortir, aujourd'hui ?

C'est toujours non.

> D'accord

> Sors dès que tu peux.

Alors que je cherche Lya pour lui demander de venir avec moi, je l'aperçois au bout d'un couloir et me plaque dans l'angle aussi sec.

Yuki est en train de la faire passer au grill, et si je viens la chercher, on risque de ne jamais être à l'heure… et de se faire cramer par Yuki.

Pianotant un petit texto à Lya pour lui dire que je par devant, je me faufile le plus vite possible jusqu'à l'ascenseur, que j'emprunte en retenant mon souffle.

« Agent en formation Bensalah. Accès autorisé. »

Ouf ! J'ai eu peur de ne plus avoir accès à l'ascenseur. J'aurais pu passer par le conduit qui passe par ma chambre et qui termine en haut, mais je commençais à en avoir assez, des conduits d'aération.

Aussitôt les portes ouvertes, je me catapulte à l'entrée, quand Florent me barre le passage.

—Hé là, jeune demoiselle, où allez-vous comme ça de si bon matin ?

Je grimace. Intérieurement.

Extérieurement, je sors mon sourire le plus innocent.

—Je sors prendre un peu l'air !

—Sans tes chaussures de sport ?

—C'est samedi !

Il fronce ses épais sourcils broussailleux, et je souris encore plus largement.

—S'il vous plaîîîît, quémandé-je.

—Tu n'étais pas punie ? Madame Dupré m'a personnellement demandé de veiller à ce que tu ne sortes pas vagabonder jusqu'à pas d'heure. Et j'ai déjà dit oui hier.

—Mais c'est vraiment, vraiment important. Je serai de retour super vite, je vous le jure ! C'est que je ne peux pas en parler à Madame Dupré, vous comprenez.

Florent me regarde d'un air suspicieux.

—J'ai un truc très très important à faire, Florent, s'il vous plaît.

Florent me fixe un instant avant d'ouvrir la porte en soupirant.

—Sois de retour avant le déjeuner.

—Merciii ! m'écrié-je.

—Tu vas me faire virer, un jour.

—Je vous défends toujours bec et ongles, vous le savez !

—Arrête tes flatteries et file avant que je ne change d'avis.

Je me carapate sans demander mon reste, et me propulse littéralement jusqu'à la boulangerie. J'ai réussi ! Je risque encore me faire punir mais j'ai réussi ! Merci, mon Dieu.

Deux cents mètres avant la porte de la boulangerie, je ralentis l'allure et marche normalement. Je rentre chez Plantard, et salue Plantard père, parce que Plantard fils a une vie sociale, de temps en temps, donc il n'est pas là le samedi.

De manière immédiate, je note que quelqu'un est assis à *ma* place. Et pas n'importe quel quelqu'un : monsieur Zayn Raj du MI6, s'il vous plaît.

N'empêche que c'est ma place.

Zayn ne me regarde pas, mais il se lève et repart avec deux milkshakes roses en laissant un billet sur le comptoir.

De mon côté, je m'approche de Plantard père et je commande deux viennoiseries. Quelques minutes plus tard, je ressors de la boulangerie, derrière laquelle Zayn m'attend.

Arrivée à sa hauteur, il me tend un milkshake. Je l'attrape en me satisfaisant de mon déjeuner qu'il me devait et je lui donne en échange un croissant.

—Tu aurais pu me dire que tu étais privée de sortie, fait-il remarquer au bout d'un moment.

—Comment tu... ? dis-je en fronçant les sourcils, vérifiant mentalement ce qui pourrait me trahir.

—Je doute que tu puisses faire un footing en *denim*, dit-il avec un charmant accent.

C'est une remarque objective, rien à voir avec mon estomac qui pourrait ou ne pourrait pas faire des back flips en ce moment même.

—Sache que je peux faire un footing dans n'importe quelle tenue, déclaré-je. Et qu'on est samedi. Bon, où est-ce qu'on va ? finis-je par demander alors qu'il prend la direction opposée à l'Académie.

—Aucune importance. Pourvu qu'on ne croise personne. Malya ne vient pas, finalement ?

—Si, je suis sortie avant elle, c'est tout.

Oh, mince, qu'est-ce que je vais choisir ? Un endroit calme mais pas trop, professionnel mais qui ne nous trahirait pas.

—Oh, je sais ! m'écrié-je.

—C'est loin ?

—Non, juste quelques arrêts de métro. Sauf si tu as une voiture ?

Il secoue la tête et se lance dans un argumentaire sur la traçabilité des voitures.

Je me souviens d'un café-librairie en ville qui est toujours presque vide et que personne ne fréquente, à l'Académie. Je lui file l'adresse et chacun prend un chemin différent. J'ai pris le plus rapide, bien sûr, mais ça, il ne pouvait pas le savoir.

Hi hi hi !

Je préviens Lya et elle répond qu'elle prend sa voiture. Parfait.

J'entre, m'installe et commande un chocolat. Ma couverture a une limite, et elle s'appelle la caféine.

Lya arrive avant Zayn et s'assoit avec moi.

—J'ai vu que Yuki t'avait coincée, lui dis-je en touillant ma boisson.

Elle lève les yeux au ciel :

—M'en parle pas. Elle ne lâche pas le morceau, et elle est de plus en plus insistante.

Une micro-éternité plus tard arrive le collègue avec un air encore plus agacé de d'ordinaire. Eh, c'est pas ma faute, il n'avait qu'à me demander le chemin !

Il s'installe dos à moi et là, seulement, nous commençons à bosser. Je prie pour qu'il commence à parler mais tout ce qu'il dit c'est :

—Bien…

Manqué.

—Au-delà de ce qui s'est passé hier, je n'ai rien trouvé, avoué-je. À chaque fois que je découvre quelque chose, ça ne mène nulle-part. J'ai l'impression qu'il n'y a aucun lien entre ces affaires. Et il y a tellement peu d'infos sur chaque affaire que je vois mal comment quelqu'un en interne aurait pu informer d'éventuels complices.

—Donc s'il y a effectivement une taupe, tu penses qu'elle est impliquée depuis le début ?

Je hoche la tête.

—Ça semble possible, selon toi ?

Il se tait un moment –comme d'habitude, vous me direz–, puis il se tourne à nouveau vers moi.

—Tu as sûrement raison. Et ça réduit la liste des suspects aux personnes qui sont là depuis au moins quinze ans.

J'étouffe un rire :

—Il y en a quantités ! Pourquoi tu crois qu'on nous forme ? Une fois qu'on est dans ce milieu, on n'en sort jamais...

Je me tais en réfléchissant à ce que je viens de dire. Je me demande alors si c'est effectivement la vie que je veux mener, si je suis faite pour ça. On a rarement vu espionne aussi maladroite, et puis je ne suis pas...

—Kenza ?

Je sursaute.

—Quoi ? Oui, désolée, je... pensais à autre chose.

Il se tait longuement, comme s'il cherchait la solution à l'énigme que je représente.

Pendant ce temps-là, au lieu de raccrocher les wagons, je note que j'aime bien sa façon de prononcer mon prénom.

—Mais ce serait bien de parler d'hier, quand même, commente Lya, me sortant de mon délire.

Un très dangereux délire.

C'est là que mon portable se met à sonner. J'écarquille les yeux en voyant la photo de ma mère s'afficher sur l'écran. C'est la deuxième fois qu'elle m'appelle ce week-end. Hier, je lui ai dit que je n'étais pas sûre de pouvoir venir.

Je décroche en m'excusant.

—Allô ?

—*Bentiiii*, sourit Mama à l'autre bout de la ville.

—Mamaaaa, réponds-je en riant.

—Alors ? Tu as pu t'arranger ?

—Euh... Je suis... occupée, aujourd'hui, avoué-je. Est-ce que ça t'embête si je ne viens pas cette semaine ?

—Non, bien sûr que non, assure-t-elle. Fais comme tu le sens. Et ne travaille pas trop. Et passe le *salam* à Malya.

—Pas de problème. Comment c'était, ta semaine ?

—Oh très bien *alhamduliLlah*. Tu sais, c'est dommage que tu ne viennes pas, parce que ton père a préparé un gâteau.

Je ris. Mon père est aussi minutieux en cuisine que dans son cabinet –et c'est un excellent médecin. J'en ai l'eau à la bouche rien que d'y penser.

—Je sais, je le regrette déjà.

—Et sinon, tu fais quoi, aujourd'hui ?

—Je... (Je m'interromps, incapable de mentir.) Je travaille sur un truc avec Malya.

—…C'est tout ?

—Oh, c'est une drôle d'histoire…

—Je le savais, lâche-t-elle d'un ton mi satisfait, mi « tu-ne-peux-rien-cacher-à-ta-mère ».

—Pas du tout ce que tu crois. C'est très drôle mais il faut je te laisse bye fais un bisou à Baba pour moi *salam* ! lâché-je d'une traite avant de raccrocher.

Je range mon téléphone en priant pour que Zayn n'ait rien entendu. Je choisis le plus joli sourire que j'ai en stock avant de retourner au boulot.

—Voilà, désolée, c'était ma mère, elle m'appelle toujours le samedi, fais-je avec un sourire embarrassé. Elle te passe le *salam*, Lya.

Ma meilleure copine, le nez dans son ordinateur, répond à mi-voix.

—Tes parents font quoi, dans la vie ? demande Zayn au bout d'un moment.

Je fronce les sourcils, mais répond quand même.

—Ma mère est prof d'anglais et mon père est médecin.

Je n'ajoute pas « et les tiens ? ».

Incapable d'ajouter que ce soit, d'ailleurs, je ferme ma bouche encore un peu.

—Je ne comprends vraiment rien, grommelle Lya. Il n'y a aucune trace, aucune personne suspecte, rien de rien de rien !

—C'est commun, dans les affaires qui nous occupent, fait remarquer Zayn. Encore un point commun.

—Tu as trouvé quelque chose dans les archives ? demandé-je pendant que Lya se bat avec son PC.

—Tu viens d'ajouter un élément important à mon profil ; il est là depuis au moins quinze ans. Pour le reste, je n'ai rien de bien consistant. Il y a quand même un goût du calcul qui revient souvent dans ces affaires. Personne ne voit jamais rien. Ce qui veut dire que ce type de cambriolages est minutieusement préparé, pendant plusieurs semaines voire plusieurs mois.

—Donc les dates ne sont pas si hasardeuses que ça ?

—Je ne sais pas... J'ai l'impression, mais je fais peut-être fausse route.

—Vous savez ce qui cloche ? intervient Lya, toujours le nez dans son écran. La sirène s'est déclenchée juste après que Monsieur Carlson a repéré Kenza.

—Coïncidence ? hasardé-je.

Elle secoue la tête.

—Non. Impossible. C'est trop gros, c'est trop parfait. Pile à ce moment-là ? Pile au moment où il t'a reconnue ? (Elle secoue encore la tête.) J'y crois pas une seconde.

—Ce n'est pas faux, admet Zayn.

—Et quoi, Carlson est la taupe ? proposé-je. Il m'aurait virée sur-le-champ, si c'était le cas, et il n'a rien dit à la directrice.

Lya recule enfin contre le dossier de sa chaise. Je m'inquiète pour ses petits yeux.

—Je ne sais pas… On ferait mieux d'y aller.

Etonnée de son soudain changement de ton, je la suis néanmoins et nous quittons Zayn.

Je me sens un peu mal d'avoir pris le meilleur chemin, alors je lui envoie un message.

> Tu habites où ?

> On ne donne pas ces infos par écrit.

Je m'énerve toute seule mais finis par admettre que c'est vrai.

> C'était juste pour pas choisir d'endroit trop loin.

> Ça allait, merci

J'en déduis qu'il habite dans le coin. Je ne peux m'empêcher de poser la question qui me titille.

> Je pensais que tu vivrais chez Mme Khan.

> Je sais qu'elle dort à l'Académie mais de temps en temps elle doit bien rentrer, non ?

Je vis seul, se contente-t-il de répondre. *Madame Khan vit à l'Académie. On ne se croise pas souvent.*

Je ne sais pas pourquoi mais je sens que j'ai encore fait une bêtise.

Bien joué, Kenza.

—Kenza, tu n'es pas en train de parler avec la personne qu'on vient de quitter à l'instant même, *n'est-ce pas* ?

Je grimace et range mon portable dans ma poche alors que nous bifurquons dans la ruelle où elle s'est garée.

Lya ouvre la voiture et se sent obligée d'en rajouter :

—T'es en train de développer une dépendance affective très malsaine, juste pour info.

—N'importe quoi. Déjà, c'est pas une dépendance affective, et ensuite, je vois pas ce qui a de malsain à envoyer quelques messages, surtout que je parlais juste du trajet pour venir ici parce que…

—Oui, oui, chérie, c'est ça, me coupe-t-elle en retirant le frein à main.

Je grogne et regarde le paysage jusqu'à la prochaine pensée qui me passe par la tête.

—Je suis dégoûtée d'avoir perdu mes super lunettes de soleil.

Elle éclate de rire et nous finissons le trajet dans la bonne humeur.

Nous rentrons en vitesse, je me fais un peu sermonner par Florent, et me faufile jusqu'à la salle commune qui est... blindée. Toutes les filles de deuxième année sont là, alors qu'à cette heure-ci, un samedi, tout le monde est dehors.

—Mais qu'est-ce que vous faites toutes là ?! m'écrié-je.

Lya arrive à ma suite et ouvre de grands yeux.

—Sérieux, les filles, il s'agirait de faire des plans, le week-end.

Toutes mes coéquipières nous fixent comme si elles n'attendaient que nous.

—D'après toi ? On veut les détails ! s'écrie Yuki.

—Les détails de quoi ?

Je poursuis innocemment mon chemin jusqu'à ma chambre.

—*Hey*, on t'a quand même couverte auprès de la mère Dupré, alors on a au moins droit de savoir ! lance Rebecca depuis le fond de la pièce.

—Il n'y a rien à savoir, m'entêté-je. J'étais avec Lya, au cas où c'était pas clair quand on est entrées ensemble.

—Ouais, je l'ai empêchée de faire une autre bêtise, commente ma traîtresse de copine d'un ton blasé même pas forcé.

Un grand « QUOI ?! » hystérique emplit la pièce, auquel je me joins volontiers.

—Malya, t'es pas marrante ! s'insurge Ashley.

—C'est vrai, ça ! renchérit Samantha en secouant sa natte rousse. Nous, on la couvre, et toi, tu gâches tout.

—Euh, allô ?! m'agacé-je. Quelle bêtise ? J'ai rien... (Je me retiens de hurler.) Vous savez quoi ? Je vais dans ma chambre !

Lya me jette un regard et me suit :

—OK les filles, vous avez entendu, y a rien à voir.

Elle me prend par les épaules et me jette dans ma chambre, où je me retire de son emprise :

—T'es pas sérieuse, j'espère ?

Elle retire son foulard d'un air on ne peut plus calme :

—Je n'avais rien de mieux, désolée.

—T'es *pas* désolée, et tu pensais ce que tu as dit.

Je croise les bras et tapote du pied. Je me fais penser à Zayn et j'arrête tout de suite.

Lya retire sa deuxième boucle d'oreille, la pose sur la coiffeuse et s'assoit sur son lit, en face de moi.

—Viens, assieds-toi.

—J'ai pas six ans, marmonné-je en m'exécutant néanmoins.

Elle me prend la main.

—Ecoute, je te demande pardon. Je n'aurais pas dû dire ça… Mais je m'inquiète vraiment pour toi, je n'aime pas ce mec.

—Quand est-ce que j'ai dit que moi, je l'aimais ? répliqué-je, trébuchant quand même sur le dernier mot.

—À l'instant, soupire Lya à mon grand désespoir. Ecoute, je comprends… d'une certaine façon… Je crois… Bon, je comprends pas trop, mais l'essentiel, c'est que ça peut arriver, et c'est pas grave, mais le plus important, c'est que tu restes vigilante et que tu sépares l'enquête de…

—Parlons-en, tiens de cette enquête qui me rend cinglée !

Lya me fait un sourire moqueur.

—Je ne voudrais pas dire que je te l'ai dit, mais...

—Oui, oui, je sais, tu me l'as dit.

—Sérieux, pourquoi tu continues ? C'est pas nos embrouilles, son truc.

—Parce que c'est vraiment important, Lya.

—Ouais...

—Quoi ? Tu ne me crois pas ?

—C'est pas ça, je trouve que ce gars a l'air d'un manipulateur et je n'aime pas ça.

J'étouffe un rire :

—Comment tu veux manipuler quelqu'un en alignant moins de dix phrases ?

—Ce sont les meilleurs, assure-t-elle comme si elle en avait croisé des dizaines pendant sa courte existence.

—Tu frises la paranoïa. Et "arrête de juger les gens comme ça", dis-je en l'imitant.

Elle me lance un oreiller et je ris.

—Très bien, mais ne viens pas dire que je ne t'ai pas prévenue, lance-t-elle en vaquant à ses occupations.

—Compte sur moi !

CHAPITRE 15

Miraculeusement, je ne fais pas mon passage hebdomadaire chez Madame Dupré, aujourd'hui. J'ai vraiment du mal à croire que j'aie réussi à la berner aussi facilement. Enfin bon, je ne vais me plaindre non plus ! Dieu merci, parce que sa patience n'est pas infinie.

Les filles me harcèlent toute la soirée. Mais vraiment. Habituellement, le samedi soir, on regarde un film toutes ensemble. Eh bien, ce soir, elles se moquent tellement de regarder un film que c'est moi qui choisis. Quand je mets *Les 8 braqueuses*, elles ne se plaignent même pas à propos du fait que je propose systématiquement ce film.

Pour ma défense, il est génial.

Elles sont toutes obnubilées par ma supposée histoire. Elles s'imaginent tellement de choses que j'en ai le tournis.

—Allez, Kenza ! lance Yuki.

—Je peux écouter ?! m'agacé-je.

—Nan ! s'écrie Rebecca, et tout le monde éclate de rire.

Je retiens un gros soupir et continue mon film.

—T'as vraiment l'intention de ne rien nous raconter ? demande Ashley après 5 min de silence.

—Mais raconter quoi ? Je vous jure que ce n'est pas aussi intéressant que vous le pensez !

—Bien sûr que si ! décrète Yuki. Autrement, tu nous l'aurais déjà raconté depuis longtemps.

Toutes les filles acquiescent, s'accordant à dire que je cache quelque chose.

Le truc, c'est qu'elles ont raison. Je cache bien quelque chose. Mais ce n'est pas du tout ce qu'elles croient.

—Vous me fatiguez.

Après la soirée ciné, je me souviens que je suis censée faire des recherches, et je m'éclipse pour aller en salle des archives. Je tourne au bout du couloir, quand…

—Aïe !

Je relève la tête pour voir à quoi je me suis cognée, et je pâlis.

—Que faites-vous ici ? demande Madame Dupré. Vous ne devriez pas être dans votre salle commune ?

—Euh, si je... J'avais besoin de réfléchir un peu, dis-je en cachant ma panique. Et je n'arrive pas à réfléchir en restant assise.

Je ne fais pas remarquer que c'est parce que je ne peux plus faire de footing dehors, parce qu'elle a déjà compris. Elle plisse les yeux un instant, puis hoche la tête.

—Vous pouvez toujours aller en salle d'entraînement, dit-elle en scrutant mon visage.

—Ah, oui, mais je... J'ai l'impression de tourner en rond.

Ce qui est le cas. Mais là aussi, je ferme ma grande bouche.

Madame Dupré soupire :

—Ce n'est pas pour vous embêter, mademoiselle Bensalah. Mais il faut que vous appreniez à respecter les règles. La discipline est aussi importante que l'intelligence ou l'aptitude au combat.

Je hoche la tête. Elle a raison, je le sais bien. Seulement, quand elle me dépasse pour rejoindre ses quartiers, je désobéis une fois de plus. Mais quand j'aurai découvert le coupable, elle sera fière de...

Une minute.

Que faisait-elle dans cette aile de l'Académie ? Il n'y a rien à part la salle des archives et la maintenance.

Comment je sais ça ? Eh bien, il se pourrait que je désobéisse depuis mon arrivée ici. Mais c'était juste une petite exploration de début d'année, rien de plus. Bon, Lya me le rappelle de temps à autre, c'est vrai, mais elle exagère.

Turlupinée par la présence de Madame Dupré dans le coin, j'entre dans la salle des archives, qui est vide.

Madame Khan rentre toujours chez elle, le week-end, comme tous les professeurs. En même temps, je ne tiens pas à écouter son sermon sur notre mission ratée.

Seule Madame Dupré est à l'Académie 24/24. Résultat : je cherche seule pendant des heures, épluchant une fois de plus les affaires non résolues depuis milieu 2010 jusqu'à milieu 2011. Pour chaque affaire, il y a la date, le lieu, l'équipe qui est chargée de l'enquête, les indices visuels, les témoignages, le système de...

Je clique sur le dossier concernant le pillage d'une bijouterie de luxe à Paris datant du 5 juillet 2010.

Vu que c'est le seul truc que je n'ai jamais vérifié, je clique sur l'équipe en charge de l'enquête. Je n'y ai jamais vraiment prêté attention, jusque-là, parce que les équipes sont désignées la plupart du temps par des noms de codes.

Cette affaire a été confiée à l'équipe Fox41. Les nombres désignent le nombre de personnes dans l'équipe, et leur « niveau », si on peut dire. Le 1 signifie que c'était une équipe hautement compétente, de celles qu'on n'appelle que pour les cas extrêmement épineux.

C'est bizarre, parce qu'un vol dans une bijouterie, ce n'est pas ce qu'on appelle un cas épineux. Ça peut l'être, parfois, mais on envoie rarement une équipe 1 sur ce genre d'affaires.

Je vérifie tout de suite le nom de l'équipe en charge pour toutes les affaires que j'ai vérifiées jusqu'à présent.

Fox41.

Le voilà, le point commun. La même équipe était en charge de toutes ces enquêtes.

Je n'arrive pas à croire que je sois passée à côté de ça.

Sans perdre une seconde, je cherche le nom Fox41 dans l'intégralité des archives. Cette opération risque de prendre au moins toute la nuit. Peut-être une partie de la journée suivante. Ça m'arrange : demain, *incha'Allah*, c'est dimanche. Personne ne passe aux archives, le dimanche –personne n'en a l'idée, en général, de toute façon. Les archives sont consultées par les agents, parfois, mais toujours depuis leurs propres ordinateurs, bien au chaud dans leur bureau. Rares sont les gens qui viennent ici. Ce qui veut dire qu'avec la grâce de Dieu, personne ne se rendra compte de ma recherche.

Le cœur battant, je laisse ma recherche se faire et regagne ma chambre le plus discrètement possible. Quand je reviens, Lya hausse les sourcils.

—Alors ?

—J'ai trouvé un truc.

Elle lève brusquement les yeux de sa manucure :

—Quoi ?

—Y a enfin un lien entre ces affaires.

—T'es sérieuse ?

Je hoche la tête, complètement lessivée. Je peine à y croire. Je viens peut-être de trouver un élément clé de cette enquête. Moi. Toute seule. Je pensais vraiment devoir attendre des années et des années pour ne serait-ce que jouer un rôle dans une enquête. Mais découvrir un indice de cette taille dans une impasse pareille... Je n'arrive pas à y croire.

Dieu merci.

Après avoir raconté à Lya mes récentes découvertes, elle hoche la tête d'un air concentré.

—Tu crois vraiment qu'il y a une taupe ? finit-elle par demander après une éternité.

Je hausse les sourcils, étonnée : ça fait un moment que je n'ai pas pensé à questionner cette éventualité.

—Je ne sais pas vraiment... Ça me paraissait impossible, mais plus j'avance, plus cette hypothèse semble se confirmer.

Je ne percute le sens de ma phrase qu'après l'avoir prononcée. Lya écarquille légèrement les yeux.

—Vraiment... ? demande-t-elle d'une voix éraillée.

Je m'assois sur mon lit, fébrile. Résoudre une enquête, c'est une chose. Résoudre une enquête qui remet en cause l'honnêteté de collègues, c'en est une autre.

—J-Je... J'ai lancé une recherche, de toute façon...

Lya me regarde, secouée. Je ne lui ai pas vraiment parlé de cette affaire, parce qu'elle était sceptique. Sauf que maintenant qu'elle a la preuve tangible que cette histoire est bien réelle, elle n'en revient pas. Moi, j'étais déjà préparée psychologiquement. Lya était encore dans le déni.

Après un interminable silence, Lya rebouche son flacon de vernis, bien que sa manucure ne soit qu'à moitié faite. De mon côté, je lance un épisode de notre série préférée, mais, quand je me mets dans mon lit, je sens bien qu'aucune de nous deux ne regarde.

CHAPITRE 16

Je n'ai pas fermé l'œil.

Il est tôt quand je me lève. Je commence ma journée dans une sorte de brume très désagréable. Avant d'aller déjeuner, je me faufile jusqu'à la salle des archives.

La main tremblante, je fais défiler les résultats de ma recherche.

Le dossier concernant l'équipe est l'un des premiers. Je clique dessus, respirant à fond, comme si j'étais prête à découvrir quelque chose qui allait tout changer.

C'est le cas.

Les noms des agents sont tenus secrets. Seul le nom du chef d'équipe apparaît. Et encore, c'est relativement codé.

Sauf que ce code-là ne m'est pas inconnu.

Le nom du chef d'équipe est CH95DU.

Et le premier nom qui me vient en tête, c'est Charlotte Dupré.

CHAPITRE 17

Ce n'est pas possible.

C'est la conclusion que j'en tire. Il est parfaitement impossible que...

La directrice est en service depuis 1995. Et il est de notoriété publique qu' « elle a vu passer de nombreuses générations d'agents depuis 25 ans ». Ça colle.

Non. Je secoue la tête. C'est impossible. Pas elle. Pas Madame Dupré. Elle est incapable de faire une chose pareille. Elle ne nous trahirait pas, pas après nous avoir enseigné tout ce qu'on sait.

Je sens mes jambes flancher. Il faut que je me tire d'ici. J'étouffe.

Tremblante, je me fais violence pour marcher normalement jusqu'à ma chambre, que Lya a quittée. J'enfile une tenue de sport à la va-vite. Sans réfléchir, j'attrape une chaise et grimpe jusqu'à la bouche d'aération. Je la dévisse avec un instrument à *nail art* de Lya et me faufile à l'intérieur.

J'ai besoin d'air.

Je grimpe, grimpe, et grimpe jusqu'à entendre la voix des agents qui sont au rez-de-chaussée. Je prends tout de suite à ma droite, et je ressors près des poubelles. Ça empeste, mais je prends une grande goulée d'air. Après quoi, je cours. Très loin. Je ne sais même pas où je vais. J'ai juste besoin de m'éloigner au plus vite, comme si la distance pouvait annuler ce que je viens de lire.

Je secoue la tête en refusant d'y penser.

J'accélère encore le rythme de ma foulée, et bientôt, j'aperçois la boulangerie, que je dépasse sans ralentir. Je cours encore et encore, jusqu'à ce que mes jambes me brûlent et refusent de me porter plus longtemps à une allure pareille. Les poumons en feu, je chancèle jusqu'à l'entrée du centre commercial. J'ai besoin de m'asseoir un peu.

Je me rends alors compte que je n'ai pris ni sac, ni argent. Je me contente alors de m'asseoir sur un banc du centre commercial, la tête entre les mains, les yeux fixés au sol.

C'est forcément une erreur. Depuis quand suis-je devenue une super espionne dont le jugement n'est jamais remis en cause ? J'ai dû me tromper, voilà tout.

Pourtant, je n'arrive pas à me débarrasser de ce mauvais pressentiment.

—Kenza ?

Je sursaute violemment.

—Zayn ? Mais...

Parfait timing, comme d'habitude.

Il bifurque dans ma direction et se plante devant moi. Bien vite, il s'accroupit, en grande partie parce que je n'ose pas relever la tête.

—Qu'est-ce que tu fais ici ?

Il a tout de suite compris que quelque chose ne va pas.

—Je... Je prends un peu... l'air...

Je ne sais pas si c'est l'effort ou la panique qui me coupe le souffle, mais suis incapable d'aligner deux mots. Et Zayn s'en rend vite compte. Il me regarde en fronçant les sourcils. J'essaie de sourire d'un air enjoué.

—Et... Et toi ?

Son expression se détend légèrement, mais je sens bien qu'il ne me croit pas.

—Kenza, qu'est-ce qui ne va pas ?

J'essaie de parler, j'essaie vraiment, mais tout ce qui me vient, c'est cet écran aux archives.

—Viens, me dit-il alors en se redressant.

Je m'exécute, luttant pour rester debout.

Ne pas lui montrer. Ne pas lui montrer.

S'il se rend compte que je cache quelque chose, c'est foutu. Il faut que je garde ça secret le temps de comprendre. Zayn est trop objectif, il ne comprendrait pas que c'est impossible et voudrait tout de suite faire quelque chose.

Prendre un air naturel me demande un effort surhumain, mais je crois que ça fonctionne. En tout cas, je prie pour.

—Alors, tu es venu en reconnaissance ? lancé-je d'une voix malgré tout un peu éraillée.

—C'est ça, lâche-t-il du ton agacé qui m'avait presque manqué.

Il marche à une allure parfaitement normale, mais je lutte pour rester à sa hauteur.

Au bout d'un interminable silence, mes jambes refusent de me porter, et je trébuche. Je me rattrape *in extremis*.

Il entre dans le premier restaurant qui passe et m'ordonne de m'asseoir à une table isolée. Je ne discute pas, incapable d'ouvrir la bouche. Il faut que je trouve une pirouette pour éviter de lui dire ce que j'ai découvert.

Je ne supporterais pas de le raconter.

Il disparaît quelques minutes, et j'hésite un instant à le semer mais, en bon espion, il arrive juste avant que je prenne une décision.

—Tiens.

Zayn revient avec un énorme muffin au chocolat qui m'aurait fait saliver en temps normal. Il le pousse devant moi et me regarde droit dans les yeux, comme s'il essayait de sonder mon âme.

Et elle est tellement encrassée de cachotteries que j'espère qu'il n'y arrive pas.

—Je ne t'oblige pas à me dire ce qui t'arrive, tu sais. Mais ce n'est pas la peine faire semblant.

Il semble attendre une réponse, mais je suis incapable de lui en fournir une.

—Kenza.

Je prends une inspiration tremblante.

—Ne t'en fais pas, ce n'est... Ça va.

Sauf que mes paroles ne changent absolument rien à son expression.

—Zayn, ça va, je te dis, tenté-je encore.

Toujours rien. J'ai l'impression qu'il essaie de lire dans ma tête.

—C'est pour toi, dit-il en désignant le muffin d'un signe de tête. Ou tu préfères boire quelque chose ?

Il fait mine de se lever, mais je l'arrête en secouant les mains.

—N-non, c'est gentil, je n'ai pas très faim.

J'ai même carrément la nausée. Je finis malgré tout par me forcer à en avaler un tout petit bout.

—Tu peux manger le reste, lui dis-je comme s'il allait le faire.

Il secoue la tête et se gratte la tempe. J'ai remarqué qu'il fait ça quand il réfléchit.

—Tu veux arrêter ? demande-t-il au bout d'un moment.

—Quoi ?! m'étranglé-je. Arrêter quoi ? Pourquoi je...

—Parce que j'ai l'impression que ça t'affecte. Si ça t'en demande trop, laisse tomber, ça va.

Comment ça, « ça va » ?

Actuellement, rien ne va, pour sa gouverne. Je secoue vivement la tête.

—Non, non. J'ai promis que je t'aiderais, et puis ne t'inquiète pas, je vais bien !

Ce qui est vrai. Mon cœur s'est grandement calmé. De toute façon, je ne peux pas fuir éternellement. Il faut que j'élucide cette affaire. Mais pas question d'en parler à Zayn ou Lya, ou n'importe qui avant d'être absolument certaine de ma découverte.

—Tu en es sûre ?

Je hoche la tête.

—Tu sais, tu..., commence-t-il.

Étonnée, j'attends la suite. Il semble chercher ses mots, ce qui m'étonne de lui.

Instinctivement, je relève la tête, et il s'arrête aussitôt.

Mince, on était à deux doigts d'entrevoir un cœur, là-dessous, non ?

—C'est toi qui vois, finit-il par dire, visiblement à contre-cœur. Si je peux aider d'une façon ou d'une autre…

Avec ça, il m'arrache un sourire.

Nous sortons du restau en même temps, et si je n'avais pas le cœur lourd comme du plomb, j'en oublierais presque mes problèmes.

—Bon, tu… as besoin d'aide pour rentrer ?

Non, mais, au secours, rendez-moi mon insupportable collègue ! Celui-là est bien trop charmant, je risquerais de tomber amoureuse de lui.

—Non, t'inquiète. Ça va. Je traîne un peu… Oh, mince, cache-toi !

Je le pousse sans plus de cérémonie dans le magasin suivant, qui se trouve être une librairie.

L'excellente nouvelle, c'est que le centre est ouvert, ce dimanche, et qu'il y a plein d'endroits où se cacher. La moins bonne nouvelle, c'est que pour esquiver Lya et les filles, j'aurais dû choisir n'importe quoi d'autre qu'une libraire.

Vite, je me terre derrière l'îlot des nouveautés manga et Zayn me suit sans poser de questions.

Enfin, pendant dix secondes :

—Qu'est-ce qu'il y a ? souffle-t-il alors que je cherche frénétiquement une solution.

—Les filles, elles sont là. Faut pas qu'elles nous voient.

—Pourquoi ?

—Chht. (J'attrape un manga au-dessus de ma tête.) Tiens, prends-ça et mets-toi devant les livres.

Il s'exécute en marmonnant sur le maintien dans l'ignorance et la collaboration.

—Arrête de râler, c'est un super manga, celui-là.

—Je ne lis pas ce genre de choses, répond-il une fois debout.

—Non, sans blague, j'aurais jamais cru. Toi, t'es plutôt du genre à lire de vieux bouquins en cuir… Tu lisais quoi, l'autre fois ?

Il pouffe en silence.

—*Notre-Dame de Paris.*

Je hausse les sourcils :

—Quel snob ! Pourquoi tu lis un truc pareil ?

Pendant ce temps, je rampe de l'autre côté de l'étagère remplie de livres du sol au plafond. Je retire ma veste de survêtement et la cache dans un coin pour changer d'apparence. Ensuite, il ne me reste plus qu'à prier pour ne pas me faire remarquer.

—Comment tu peux le juger, si tu ne l'as jamais lu ? lance-t-il à travers les livres.

Je fais mine d'inspecter un recueil de poésie, le genre de trucs de snob qui lirait Zayn, tout en vérifiant où sont les filles. Elles ne traînent jamais par ici et préfèrent en général le rayon scientifique. Si mes yeux ne me font pas défaut, Yuki vient de prendre un livre sur le codage, et j'ai bien peur qu'on soit là un moment.

—Ah, mais j'ai déjà lu du Victor Hugo, me défends-je. Mais tu n'es pas allé à l'école ici, je suppose. Donc tu l'as lu de ton plein gré. Et vu que tu es sûr de sa qualité, tu l'as déjà lu, donc tu le relis, autrement dit : t'es cinglé. Moi, je n'ai jamais rencontré quelqu'un qui relisait des livres qu'on donne à l'école.

Il rit encore et je l'entends tourner une page du manga.

Il peut faire le malin tant qu'il veut, mais je sais qu'il pourrait aimer.

—Non, j'ai fait mes études en Angleterre, c'est vrai. Tu n'as jamais eu envie de lire des classiques ?

Je réfléchis un moment, puis je secoue la tête.

—Tu peux regarder le dessin-animé, sinon.

—Ce n'est même pas la même histoire.

—Attends, c'est vrai ?!

Pour la première fois, Zayn explose de rire. Mais vraiment. Je dois être hilarante.

—Ha, c'est très drôle, marmonné-je, vexée. Tu devrais rire encore plus fort, au cas où.

Il finit par baisser d'un ton.

—Hum, excuse-moi, pouffe-t-il.

—Comment je pouvais savoir qu'ils changeraient la fin ? m'agacé-je après qu'il m'a raconté l'horrible réalité.

—C'est un dessin-animé.

—Bah et alors ? Il y a plein de choses tristes, dans les dessins-animés.

—Jamais à la fin.

Je passe en revue mentalement tous les dessins-animés que je connais, jusqu'à soupirer.

—OK, mais… (J'arrive à court d'arguments, alors je change de sujet.) T'en dis quoi, de la *Famille d'Espions* ?

Il y a un silence coupable, et je souris d'un air victorieux.

—Et toc. (Je me retourne et vois les filles sortir de la librairie.) C'est bon, la voie est libre. Je ne te retiens plus.

Il a l'air un peu trop sincère quand il répond :

—Tu ne me retenais pas.

Oh…

CHAPITRE 18

Quand je me lève, le lendemain, je suis dans une forme olympienne. C'est probablement parce que c'est ma première vraie nuit depuis une bonne semaine. Et que ma journée d'hier était… inattendue.

J'ai relégué bien loin dans mon esprit ma découverte : c'est sans doute une erreur.

En parlant d'erreur, s'il y a bien un truc auquel je n'arrête pas de penser, c'est Zayn.

De fait, même si c'est franchement lamentable, ma journée d'aujourd'hui se déroule avec *Happy* en bande sonore, et je me mets à sourire encore plus large que d'habitude, à rire encore plus que d'habitude, à aider les autres encore plus que d'habitude.

Les professeurs sont tous ravis de mes performances du jour, et tout se déroule à merveille, jusqu'à ce que Lya me demande les résultats de ma recherche de samedi.

Vous entendez la musique s'arrêter dans « *scratch* » ? Parce que moi, je l'entends.

—Euh, ce n'est pas très clair, tu sais, dis-je. Tu sais que les noms des agents sont cryptés et...

—Kenza, qu'est-ce que ça a donné ? demande-t-elle encore, d'un ton plus insistant, cette fois.

—Je n'ai eu que le nom du chef d'équipe, murmuré-je.

—Et qui c'est ?

J'entends la panique dans sa voix, et j'ai peur de lui dire. Mais il le faut bien. Lya pourra peut-être m'aider à tirer cette histoire au clair. De toute façon, ce n'est qu'un malentendu.

—Charlotte Dupré.

Lya hoquète, choquée. Elle secoue la tête vivement.

—Tu me fais une blague ?

—Non.

—C'est pour ça que tu es sortie hier ?

—Comment tu… ? (Un soupir m'échappe.) Oui.

Je suis incapable de développer mes réponses. J'étais persuadée qu'elle saurait gérer cette nouvelle mieux que moi, qu'elle saurait se montrer calme, méthodique, et qu'elle me rassurerait. Sauf que maintenant, on est deux à être perdues.

—Et... maintenant ? demande Lya après une éternité.

—Je ne sais pas, avoué-je.

—Tu l'as dit à Zayn ?

Je secoue la tête en grimaçant.

—J'ai pensé qu'il tirerait des conclusions hâtives. Mais je suis sûre que je me suis trompée. Il faut juste que je comprenne.

Lya hoche lentement la tête, perdue dans ses réflexions fébriles.

—Je crois qu'on devrait lui dire.

—À qui ? demandé-je.

—À la directrice.

Je cligne des yeux.

—Quoi ?

—C'est la meilleure solution, argumente Lya. Au moins on en aura le cœur net.

—On ne peut pas faire ça, réponds-je, catégorique.

—Attends, tu la soupçonnes vraiment ?

—Non, ce n'est pas...

—Dans ce cas pourquoi tu ne veux pas lui dire ? Ne me fais pas croire que tu la penses vraiment capable de...

—Mais imagine ! la coupé-je. Imagine que ce soit vrai !

—Kenza, on ne peut pas se contenter d'imaginer.

—Tu ne peux pas écarter cette possibilité, m'entêté-je.

Elle plisse les yeux et secoue la tête.

—Je savais que cette histoire allait mal se finir.

—Ce n'est pas encore fini, m'écrié-je. On va découvrir ce...

—Je ne parle pas de cette enquête, je parle de ce mec.

Je fronce les sourcils, perturbée.

—Mais ça n'a rien à voir, enfin.

—Oh, bien sûr que si, Kenza ! Reconnais-le, tu le crois sans même vérifier ce qu'il te raconte.

—Et quoi ? Tu penses qu'il ment ?

—Pourquoi ça te semble impossible ? Tu ne trouves pas ça bizarre qu'un bel inconnu débarque dans ta vie, que ce soit tout d'un coup le grand amour et que sur ses conseils, tu découvres que ta directrice trompe tout Interpol ?

—Je suis encore capable de réfléchir, merci ! Et désolée, mais peut-être que oui, quelqu'un peut s'intéresser à moi, et qu'on ne me prend pas forcément pour une idiote ! Et je te ferais dire qu'au début je ne le considérais absolument pas comme ça.

—Mais ouvre les yeux, enfin ! Quelque chose cloche, dans cette histoire !

—Tu sais ce qui cloche ? C'est que tu ne sois pas heureuse pour moi, et que tu ne me soutiennes pas dans une enquête sur laquelle je passe mes jours et mes nuits. Ça fait deux semaines que je dors à peine et tu m'as même aidée, tu as vu !

—Vu quoi, Kenza ? Que tu me caches des choses, que tu pars sans m'en parler, que je ne sais même plus ce que tu fais ni de tes jours ni de tes nuits ?! Non seulement il est rentré dans ta tête mais en plus il s'est mis entre nous, tu comprends, ça ?

C'est alors qu'on toque à la porte.

—Les filles ! Déjeuner ! lance Yuki en ouvrant la porte. Dépêchez-vous sinon... Qu'est-ce qui se passe ?

—Rien, coupé-je en sortant de la chambre sans me retourner.

Je n'ai vraiment pas faim.

Comment peut-elle me dire ça à moi ? Est-ce donc si incongru qu'on soit sincère avec moi ? Est-ce que je suis cette idiote suprême qu'elle voit en moi ?

Je ravale mes larmes et fonce jusqu'à la salle d'entraînement qui est vide, puisque c'est l'heure de manger. Je me plante devant mon sac de frappe et me défoule dessus. Je frappe encore et encore, tentant de me vider la tête.

Elle ne me croit pas. Elle est persuadée que la directrice ne peut être qu'honnête, et que Zayn ne peut être qu'un menteur. Mais je sais qu'elle se trompe. Je ne sais pas dans quelle mesure la directrice est impliquée dans cette affaire, mais je suis sûre qu'elle est impliquée, que ça plaise à Lya ou non.

Qu'à cela ne tienne, je lui prouverai. Je trouverai cette taupe, quelle qu'elle soit, et avec l'aide de Dieu, je montrerai à tout le monde que je suis capable d'être une grande espionne.

Même si personne ne m'en croit capable.

Je ne passe même pas par ma chambre avant d'aller en salle des archives. Si je ne peux pas prouver que Madame Dupré est impliquée, je vais remonter la piste dans l'autre sens. Il faut que je trouve le schéma dans ces cambriolages pour prévoir le prochain. Ainsi je pourrai démasquer le coupable.

La nuit est longue et difficile, et je suis épuisée. Mais il y a une logique.

Je ne la vois pas encore, mais je sais qu'elle existe. Ces dates semblent aléatoires, mais il y a quelque chose qui cloche.

Je reprends la première affaire. 14 juillet. Au Brésil.

C'est curieux qu'ils aient choisi la fête nationale française pour faire un casse au Brésil... La fête nationale brésilienne est le 7 septem...

Le second cambriolage a eu lieu un 7 septembre. C'était en Russie. Je ne connais pas la date de la fête nationale russe, alors je cherche rapidement sur Internet avec mon portable.

C'est le 12 juin. Le jour du casse en Angleterre de l'année suivante.

Oh mon Dieu.

J'ai trouvé le schéma.

Le lieu du casse indique la date du casse suivant.

C'est tellement simple que personne ne s'en était rendu compte.

Vite, je fais défiler les dossiers jusqu'à cette année. Le dernier casse était en Afrique du Sud. Ce qui signifie que la date du prochain casse est... le 27 avril.

La semaine prochaine.

J'ai moins d'une semaine pour découvrir le lieu du prochain casse et m'y rendre. Sauf que je n'ai aucun moyen de découvrir le lieu ! Il y a des milliers de choses à voler tout autour du globe ! Comment saurais-je ce qu'ils prévoient de voler ?

Je m'appuie sur le dossier de ma chaise et respire un grand coup. Je vais vérifier si certaines opérations de déplacements d'objets précieux sont prévues la semaine prochaine dans les dossiers d'Interpol. En général, nous savons toujours tout sur ce type d'opérations, même quand nous n'en sommes pas chargés.

Sauf que c'est bien ma veine, parce qu'il n'y a rien de prévu de ce genre... Ah, si. La seule opération de ce genre, se situe en France... Il y a un déplacement de bijoux qui vont de Lyon à Paris. Ils doivent arriver sur Paris le 29 avril. Donc ils seront à Lyon le 27.

Entreposés sous haute sécurité, dans la zone industrielle. Après quelques recherches, je finis par trouver l'adresse.

OK, j'ai le lieu, la date. Il faut que j'y aille. Au moins en observation. Je ne sais pas si je serai capable d'arrêter toute une équipe à moi seule, mais je peux au moins rester cachée, et si effectivement j'ai vu juste, je préviens la police. Je ne veux pas prévenir l'Académie, parce que ça arrivera forcément aux oreilles de Madame Dupré, et je ne suis pas totalement certaine de son innocence.

Fébrile, je fais de nombreuses recherches sur le système de sécurité de cet entrepôt. Ils ont de toute évidence camouflé les bijoux en simples matières premières, ou quelque chose du genre. La sécurité est discrète, mais aussi moins performante. Les caméras de surveillance sont plus petites, et placées seulement aux quatre coins du hangar.

Le seul problème reste l'heure. Je ne sais pas à quelle heure ils vont opérer, et il n'y aucun schéma, de ce côté-là. Bon, ben, va falloir que je passe la nuit là-bas. Ça risque encore d'être une semaine ultra reposante.

Le lendemain, j'ai un mal de crâne phénoménal. Et pour ne rien arranger, Lya m'évite toujours autant que je l'évite. L'ambiance est juste catastrophique, et elle sort le plus vite possible, me disant à peine bonjour.

Mon téléphone vibre alors dans ma main. Je manque de le faire tomber, absorbée dans mes réflexions.

> Salam, j'espère que je ne te réveille pas. Je ne suis pas là cette semaine. Je reviens dans quelques jours incha'Allah.

Ah.

Je ne sais pas si c'est une bonne ou une mauvaise nouvelle. Je veux dire que ça m'arrange, vu que je dois aller sur le lieu du casse, mais d'un autre côté, je me souviens subitement que Zayn travaille pour le MI6.

En Angleterre.

Mon cœur se serre en repensant aux paroles de Lya. Et s'il se moquait de moi depuis le début, en fin de compte ? Je ne sais pas quoi en penser.

> Salam wrahmatAllah. Ah ok.

> Vraiment désolé

> C'est rien

Je range mon portable. C'était bizarre. Est-ce que c'est ma faute ? Ou est-ce qu'il n'a plus besoin de moi ?

Secouant la tête, je me prépare à ma séance de sport matinale. Pendant le petit déjeuner, Lya refuse de s'asseoir avec moi, et elle s'en va avec Rebecca et Ashley. Ça m'est égal. Si elle veut faire la gamine, qu'à cela ne tienne. Ce n'est pas à moi de m'excuser.

Hey, tout va bien ?

Je lève la tête et croise le regard de Yuki. Elle me sourit, mais cette fois j'ai l'impression qu'elle ne veut pas discuter potins.

—Oui, laisse tomber, dis-je en repoussant mon bol plein.

—Tu ne veux pas venir avec nous ? demande-t-elle.

Je secoue la tête.

—Non merci, je n'ai pas faim, de toute façon.

—Ça arrive de se disputer, tu sais. Ce n'est pas très grave, je suis sûre que ça s'arrangera très vite.

J'aimerais en être aussi sûre. Je hausse les épaules :

—C'est rien, vraiment. Mais merci.

Je fais un sourire vraiment pas crédible, et elle me presse les doigts avant de retourner s'asseoir avec les filles.

Nauséeuse, je me lève et je retourne taper dans mon sac de frappe. C'est peut-être un peu brutal comme façon de se détendre, mais ça m'aide à me canaliser. Et en ce moment, j'en ai bien besoin. Je frappe jusqu'à prendre une décision claire, nette et précise : je vais mettre toute mon énergie dans la capture des criminels.

J'ai mal aux poings quand je vais en cours, et j'arrive à peine à écrire, tant je me suis acharnée sur ce pauvre sac.

Quand je croise Madame Khan, je fais comme si de rien n'était, et elle me suggère de me concentrer sur mes examens semestriels pendant un moment, disant que de toute façon Zayn n'est pas là, et que nous avons tous besoin d'une pause. Elle ne parle que brièvement de notre cuisant échec à la vente aux enchères, et à la limite, j'aurais préféré qu'elle me crie dessus.

—Vous savez, vous devriez prendre une pause pendant quelques jours.

Je regarde Madame Khan comme si elle était devenue folle.

—Euh, pourquoi ?

—Vos examens arrivent, Zayn n'est pas là, et j'ai entendu parler de vos exploits… Il vous faut autre chose ?

Ouais, je me disais, aussi.

—OK…

C'est peut-être ma faute, mais j'ai l'impression que tout le monde me lâche, en ce moment.

Ce n'est pas grave. Je veux résoudre cette affaire, pour l'instant. La seule chose dans mon quotidien que j'arrive à peu près à gérer.

CHAPITRE 19

Les jours suivants, je les passe à étudier minutieusement le plan du hangar, à récupérer discrètement du matériel de terrain après certains cours, et à oublier le monde entier.

Quand je dis le monde entier, j'entends Lya, en grande partie.

Zayn est en silence radio depuis plusieurs jours, et je me fais violence pour ne pas l'appeler.

Madame Khan est persuadée que je suis passée à autre chose le temps des examens.

Quant à Madame Dupré, je me sens mal chaque fois que je la vois, alors je l'évite le plus possible.

Les filles essaient de nous rabibocher, Lya et moi. Nous nous adressons la parole normalement, mais sans plus. Pas tant qu'elle ne croira pas en moi. J'assume déjà très bien ce rôle à moi toute seule, je n'ai pas besoin que ma supposée meilleure amie s'y mette aussi.

On est le 26. Je prie pour que ça fonctionne. Il faut que je dorme et que je me tire le plus vite possible après les cours. Ça risque d'être très compliqué de sortir le soir, et je risque d'avoir des problèmes monstrueux. Mais si j'ai raison, personne ne pourra m'en vouloir, non ? Sauf peut-être la taupe.

Mon Dieu.

Plus l'heure fatidique approche, plus mon pouls s'accélère. Je suis de plus en plus fébrile, mais pas question de reculer.

Après le cours de diplomatie, je grimpe dans ma chambre et je me dépêche de prendre mon sac à dos. Je garde mon uniforme, parce que je n'ai rien trouvé de mieux. De toute façon, j'ai l'habitude de bouger avec, et ça ne me dérange pas.

Je dévisse la bouche d'aération et me faufile jusqu'à la sortie. J'ai loué une voiture sous un faux nom, et elle m'attend près du centre commercial. Je retire simplement la veste de mon uniforme, pour éviter d'attirer l'attention, et je mets une veste en cuir toute simple à la place. Ça me fait un look un peu atypique, mais ce n'est pas un problème. Le meilleur moyen de détourner l'attention, c'est de l'attirer.

Arrivée à ma voiture, je récupère les clés auprès du propriétaire et signe sa paperasse. Sans perdre de temps, je démarre et roule jusqu'à la zone industrielle. Ça me prend une petite heure, et j'arrive bientôt.

Je me gare dans le parking d'une usine et je fais le reste du trajet à pied. Je suis le trajet que j'ai prévu à la lettre pour éviter toutes les sorties de boulot. Il est environ 19h45 quand j'arrive près de l'entrepôt. Il n'y a pas un chat, et, après avoir vérifié sur le terrain la position d'éventuelles caméras, je grimpe le long d'un tuyau pour me hisser sur le toit du hangar.

Bien que petite, je me baisse pour éviter qu'on ne repère une petite silhouette noire perchée sur un toit.

Là, j'ouvre la trappe en métal avec le matériel piqué à l'Académie. Elle est assez petite, mais je suis assez souple, Dieu merci, alors je m'y faufile sans problème. J'atterris sur un container qui est parfaitement hors de portée des caméras. C'est l'endroit idéal pour une planque. Il ne me reste plus qu'à attendre les cambrioleurs...

Encore.

Et encore.

Et encore…

Ça fait deux heures que je suis immobile dans le noir, et je commence à douter. Et si je m'étais trompée ? Et si je m'étais disputée avec ma meilleure amie pour rien ? Et si Zayn s'était vraiment servi de moi ?

Je ne sais plus quoi penser. J'étais pourtant sûre de ma découverte. Le schéma était là, je n'ai pas rêvé ! Le dossier était là, lui aussi ! Non, le casse est prévu ce soir. Il faut juste attendre. Il faut juste que j'aie confiance en moi et que je prie encore un bon coup.

Je me répète ça pendant encore une heure, trente-cinq minutes et quarante-trois secondes.

Clonk !

Soudain, j'entends un bruit. Je me redresse silencieusement, prête à bondir.

C'est la trappe au-dessus de moi, qui bouge. On dirait que j'ai un peu trop bien compris comment ils procèdent. Ils vont me tomber dessus. Il faut que je profite de l'effet de surprise pour les avoir.

La trappe s'ouvre sur le ciel nocturne, et avant même que l'unique silhouette présente n'ait retrouvé son équilibre, je la frappe dans l'abdomen. Elle lâche un cri étouffé et me rend mes coups. Nous nous battons dans le noir jusqu'à ce que j'évite un coup en tombant en grand écart. Sous le coup de la surprise, l'homme ne réagit pas, et j'ai alors tout le loisir de la faire tomber sur le sol.

Il lâche un cri et tombant sur le dos, et là, ça me dit quelque chose...

—Zayn ?!

—Kenza ?

L'homme se redresse, et, à mieux y regarder, je distingue le visage de Zayn. Zayn qui était censé ne pas être "là", cette semaine.

—Qu'est-ce que tu fais là ? demande-t-il à voix basse.

—Qu'est-ce que *toi*, tu fais là ?! m'écrié-je à mi-voix. Tu m'as menti !

—Laisse tomber, on verra ça plus tard, coupe-t-il en s'accroupissant près de moi.

Mais je n'en ai pas terminé.

—Non, décrété-je. On va voir ça *maintenant*.

Il me regarde dans la pénombre, et son expression se fait plus dure :

—Très bien, si tu veux : c'est toi qui m'as caché des choses. Moi je ne t'en ai pas parlé uniquement parce que je voyais bien que tu avais découvert quelque chose qui t'avais affectée.

Je me mordille la lèvre.

C'est vrai.

—Si je ne t'ai rien dit c'est parce que ma découverte était fausse, voilà.

—Et comment tu le sais ?

—C'est impossible, c'est tout.

Il hausse les sourcils avec exaspération et reporte son regard sur le hangar silencieux.

—Et puis merci mais je n'ai pas besoin que tu décides dans mon dos, marmonné-je. J'ai décidé toute seule de me lancer dans cette enquête, et ce n'est pas à toi de me dire ce que je suis capable de supporter ou non.

—Ce n'est pas ça, grommelle-t-il.

—Alors c'est quoi ?! hurlé-je presque.

Mais un grand bruit de spots qui s'allument nous coupe.

Oh non.

Un hélico.

Instinctivement, nous baissons encore la tête. Soudain, le hangar est illuminé, et une quinzaine d'hommes armés entrent dans le hangar, en contre-bas.

Mon cœur s'arrête quand je comprends ce qui se passe.

—POLICE ! VOUS ÊTES ENCERCLÉS ! SORTEZ IMMÉDIATEMENT !

CHAPITRE 20

La police nous arrête.

Tous les deux. Comme de vulgaires criminels.

Nous finissons même par leur montrer nos plaques d'agents en formation, mais ils nous ignorent royalement.

C'est un cauchemar, pas vrai ?

Zayn et moi sommes entassés sur la banquette arrière d'une voiture de police, menottes aux poignets. J'ai envie de pleurer, mais ce n'est vraiment pas le moment.

—Je vous répète que nous sommes des services secrets ! dis-je pour la 230e fois.

—Et je vous répète que nous le savons, répond le policier assis sur le siège passager. Sachez que ce sont les services secrets, qui nous ont prévenus.

—Laisse tomber, on s'est fait avoir, grommelle Zayn à côté de moi. Ils vont ouvrir une enquête, et avec un peu de chance, on sortira avant notre retraite, crache-t-il.

Je lui donne un coup de coude pour qu'il la ferme. Il va nous faire emprisonner pour de bon, s'il se met à les insulter.

—Écoutez, dis-je encore en me penchant vers eux. C'est un malentendu. Nous étions là pour appréhender ces cambrioleurs.

—Ben voyons, deux gamins comme vous, sur une affaire de cette importance ? ricane la policière avec dédain.

Son collègue, au volant, ne dit rien, mais nous jette un œil dans le rétroviseur.

—Vous êtes bien dessus, *vous*, réplique Zayn d'une voix venimeuse.

Je lui écrase le pied, le suppliant de se taire.

—Excusez-le, la nuit a été longue, dis-je en le foudroyant du regard.

—J'ai bien peur qu'elle ne fasse que commencer pour vous, répond finalement le policier volant.

Par miracle, Zayn ne répond pas.

Il faut qu'on se montre malins. Ils sont persuadés qu'on est des criminels, alors on doit leur prouver qu'on est bien des services secrets. Le problème c'est que c'est inconcevable pour eux que nous, du haut de notre vingtaine, on soit sur la même mission qu'eux.

Les policiers nous font descendre et nous guident jusqu'à l'entrée du commissariat. Zayn me lance un regard auquel je réponds en secouant la tête : je sais bien qu'on pourrait s'enfuir assez facilement, mais alors on serait officiellement recherchés.

Il prend alors un air frustré, que je comprends parfaitement. J'aimerais lui prendre la main, lui dire que je regrette ce que j'ai dit, que je crois bien qu'il est important pour moi et que j'ai envie de voir où tout ça peut nous mener. J'ai bien peur de devoir attendre un moment avant de le revoir, parce qu'on nous sépare pour notre interrogatoire. Je le cherche des yeux, et il hoche la tête d'un air résigné.

Nous allons dire la vérité, voilà tout. S'ils ne nous croient pas, on avisera, *incha'Allah*.

—Allez, par ici, dit le policier en me poussant en avant.

Je respire à fond pour ne pas m'énerver. On m'emmène dans une salle d'interrogatoire froide et sans âme. Un officier est assis en face de moi. Derrière la vitre teintée, je sais que plusieurs policiers inspectent nos moindres faits et gestes. Ils sont persuadés d'avoir affaire à une voleuse. C'est un peu insultant, d'ailleurs.

—Bien, bien, bien, lance l'inspecteur en me détaillant. Je ne m'attendais pas à ce que notre incroyable cambrioleur soit de votre... profil.

—C'est normal, ce n'est pas moi, votre incroyable cambrioleur.

—Ah, c'est votre petit-copain, là-bas ? Vous l'avez suivi parce que vous trouviez ça cool ?

Je tique. Ils nous prennent vraiment pour des bébés.

—Non. Je ne savais même pas qu'il viendrait. On enquêtait ensemble sur cette affaire, et ensuite on s'est caché des infos mutuellement, et ensuite on s'est retrouvés sur les lieux du cambriolage. Sauf qu'on s'est fait piéger par quelqu'un en interne.

J'attends sa réaction. Je sais qu'il s'attendait à ce que je ne dise rien du tout, comme tout bon cambrioleur. Ou alors que je me mette à pleurnicher, comme tout bon cliché de l'adolescente.

—Donc vous essayez vraiment de nous faire avaler que vous deux, vous travaillez pour les services secrets ? dit-il d'une voix qui laisse non seulement entendre qu'il ne me croit pas, mais qu'en plus il continue de m'écouter par simple curiosité. Comme s'il voulait voir jusqu'où je suis prête à mentir.

—Tout à fait. C'est le cas.

—Et pourquoi faites-vous soi-disant partie de deux organisations différentes ? D'ailleurs, votre copain n'a pas la nationalité française, et il va avoir de gros soucis. Alors vous feriez mieux de dire la vérité, sinon il va être renvoyé chez lui assez rapidement.

Et mince. Je n'avais pas pensé à ça. Ils peuvent renvoyer Zayn en Angleterre, là où personne ne le croira. Là où personne n'aura rien vu. Il risque d'être renvoyé du MI6 et on risque de tous les deux croupir en prison jusqu'à notre procès.

—Je le sais, ça, marmonné-je. Et ensuite, on peut tout à fait travailler ensemble. Mais bon, si j'étais un bonhomme de trente-cinq ans, je serais tout de suite beaucoup plus crédible, vous croyez pas ?

—Ne vous vexez pas, mademoiselle, j'essaie juste de comprendre ce qui s'est passé.

—Il n'y a rien à comprendre, inspecteur. Je vous ai déjà tout expliqué et on devrait travailler ensemble.

Le reste de mon interrogatoire tourne en rond. Au bout de deux heures, l'inspecteur met sa menace à exécution, et il me renvoie dans une cellule minuscule. Je ne sais pas où est Zayn, et ça me rend folle.

C'est marrant, mais c'est seulement maintenant que je me rends compte que je l'aime vraiment beaucoup.

Bien joué, Kenza.

—Je sais marcher ! entends-je alors au bout du couloir.

—Hé, Zayn ! Zayn ! hurlé-je.

—Kenza ?

—Là ! Zayn !

—Silence ! braille la policière qui nous a arrêtés.

Elle et son collègue enferment Zayn dans la cellule face à la mienne. Ce dernier nous fixe un peu plus longtemps que nécessaire avant d'emboîter le pas à celle que j'ai rebaptisé intérieurement « la sorcière ».

—Tu vas bien ? demandons-nous en même temps.

Je hoche la tête, soulagée de le voir.

—Je suis désolée, bredouillé-je en luttant contre les larmes. C'est ma faute, je suis tellement désolée.

—Kenza, ce n'est pas ta faute. On s'est fait piéger.

—Je sais mais j'aurais pas dû te cacher ce que j'avais trouvé, dis-je en m'asseyant sur le sol. Je suis vraiment désolée.

—Non, c'est moi, lâche-t-il en s'asseyant à son tour. Je ne sais pas, j'étais... Je l'ai mal pris et j'ai voulu continuer seul. Mais c'était stupide. Je... Je suis désolé.

—On n'a pas assuré, soupiré-je.

—Non...

C'est une véritable catastrophe.

—Comment t'as trouvé le lieu et la date ? demandé-je après un moment.

Il laisse échapper un rire.

—Comme toi, je suppose.

Je me sens vraiment bête.

—On aurait dû travailler ensemble, dis-je après un court silence. Le truc c'est que... je me suis mise à douter.

Il hoche la tête. Je sens qu'il est vexé, mais je ne trouve rien à dire, parce que j'ai toujours peur de m'être fait des idées.

—Tu ne me fais toujours pas confiance ? lâche-t-il entre deux grommellements.

—Je...

Je cligne des yeux. Est-ce que ça l'affecte vraiment ?

—Si, finis-je par dire.

—Mais ? demande-t-il aussitôt d'un ton sec.

—Mais... Je...

Je m'interromps et j'appuie la tête contre le mur derrière moi. J'agite les pieds, frustrée d'être incapable de lui dire ce que j'ai sur le cœur au milieu de ma cellule provisoire.

—Zayn ?

—Quoi ? lâche-t-il d'un air bourru.

Le revoilà avec son air indifférent au possible. J'inspire un long moment avant d'avouer à mi-voix :

—J'ai peur.

Je l'entends presque cligner des yeux. Il se tourne à nouveau et me dévisage à travers les barreaux. Je replie mes jambes contre moi et le dévisage à mon tour.

—Moi aussi, lâche-t-il encore plus bas.

Mes yeux s'écarquillent. Personnellement, je ne pensais pas que c'était une émotion qui faisait partie de son répertoire.

—Ça ne me rassure pas, ça, tu sais, plaisanté-je.

Il laisse échapper un rire.

—On va s'en sortir.

—*Incha'Allah*, soufflé-je.

—*Incha'Allah*, répète-t-il d'un air entendu.

Je respire à fond en me répétant ces paroles, et mon pouls se calme enfin.

—Et je suis vraiment désolée, dis-je encore. Le truc, c'est que...

—Oui, coupe-t-il. Moi aussi. Oublie ça. On se prendra la tête quand on sera sortis *incha'Allah*.

—Ça me va, réponds-je en réprimant un sourire.

J'attends encore.

—Zayn ?

—Oui ?

—Puisqu'on est là… Tu voulais me dire quelque chose, l'autre jour, au centre commercial, non ?

Il se tait très longtemps.

—Et donc, finit-il par dire, toi, tu te dis que c'est le bon moment pour m'interroger.

—Le moment parfait, admets-je. Tu ne peux pas t'enfuir.

—Je ne me suis jamais enfui, s'indigne-t-il.

—Tu changes de sujet, là, ou je rêve ?

Il se tait encore et j'éclate de rire.

—C'est bon, laisse tomber, c'était pour ri…

—J'aimerais bien qu'on apprenne à se connaître.

Là, il m'a bien cloué le bec.

—Oh, fais-je comme si je n'attendais pas ça depuis des jours. Euh…

Le silence s'étire.

Longtemps.

C'est insupportable, dis quelque chose !

Avez-vous vu passer Kenza ? Parce que cette fille ne peut pas aligner une phrase.

Et pour finir de passer de l'autre côté du miroir, Zayn se met à parler beaucoup et très vite.

—Mais si tu ne veux pas, c'est pas grave, enfin, je voulais juste… Non, tu sais quoi ? Il vaut mieux que…

—Non, non, attends, attends, le coupé-je. Il vaut mieux qu'on marque ce jour dans le calendrier comme celui où le grand Zayn Raj a dit trois phrases d'affilée.

—A-ha, très spirituel, s'agace-t-il en ravalant un sourire.

Nous sommes séparés par deux mètres et deux rangées de barreaux, mais je ne me suis jamais sentie aussi proche de lui.

CHAPITRE 21

—Debout, les jeunes !

Je sursaute. On n'a pas fermé l'œil, et elle devrait le savoir. Alors pourquoi s'amuse-t-elle à nous narguer ?

Je jette un œil vers la cellule de Zayn. Il a des cernes monstrueux, ce qui me donne une idée de mon état. Pour résumer, on a de sales têtes, et on est dans de sales problèmes.

Si c'est pas génial, ça.

—Venez, l'inspecteur veut vous voir.

—Sans manger ? marmonné-je d'une voix éraillée.

—Vous vouliez la suite royale ? demande la policière d'hier d'un air sarcastique.

OK. Ils essaient de nous faire craquer. Ils pensent que nous ne sommes que des gamins qui ont fait une bêtise –une bêtise très bien calculée. Ils espèrent que la faim et les affreuses conditions de détention nous feront tout déballer.

Quand Zayn me regarde, il pince les lèvres, et je hoche la tête imperceptiblement.

S'ils veulent jouer à qui tiendra le plus longtemps, ça roule. On doit chercher quelque chose pour s'en sortir.

Quand j'arrive en salle d'interrogatoire, c'est un autre inspecteur qui m'accueille. Il me tend une bouteille d'eau, que je ne touche pas, même si j'en meurs d'envie. Ils ne nous laisseront pas mourir de faim, de toute façon. Ils essaient juste de nous impressionner.

Enfin, je prie pour.

—Alors, on a réfléchi, depuis hier soir ?

—Il n'y pas grand-chose à faire, à part réfléchir, fais-je remarquer.

—C'est vrai, concède le bonhomme. Dois-je en déduire que votre nuit vous a délié la langue ?

—Elle n'était pas vraiment liée. Je n'ai rien à ajouter à ce que j'ai dit hier.

Après une petite heure à m'interroger, l'inspecteur jette l'éponge et nous renvoie en cellule.

—Vous allez rester là jusqu'au vol de monsieur, demain matin, dit le policier. Dernière chance de dire la vérité.

Nous restons muets, et il s'en va en lâchant un « tant pis pour vous » qui trahit son agacement.

—Demain matin, répété-je à mi-voix.

—Ne t'en fais pas, marmonne mon *partner in crime*. Ils vont bien finir par comprendre que...

—Non Zayn, ils ne vont pas comprendre ! m'agacé-je en arpentant ma cellule –ce qui est vite fait, mais je continue à faire des allers-retours. Tu le sais aussi bien que moi. Ils croient qu'on ment, qu'on a juste voulu épater notre bande potes, ce qui au passage est complètement débile puisqu'on n'aurait pas cambriolé un hangar mais plutôt une bijouterie, ou...

—Je sais, Kenza. Mais que veux-tu qu'on fasse ?

—J'en sais rien ! Je comptais sur toi, moi !

Il ébauche un sourire.

—C'est toi, la spécialiste de l'école buissonnière.

Épuisée, je laisse échapper un rire et m'accoude contre les barreaux.

—Je suis la spécialiste de plus d'école du tout, là. Je me considère comme virée, Zayn.

—Mais non. On trouvera une solution, *incha'Allah*.

Sa manière de dire « on » me réchauffe le cœur. Et c'est pas plus mal, parce que j'ai froid, n'ayant rien avalé depuis un long moment.

—Ils t'ont donné de l'eau ? demandé-je.

—Tu plaisantes ? J'ai hésité à leur lancer dessus.

On ricane comme des gamins. J'aurais aimé que ce genre d'action se passe ailleurs que dans une cellule, mais c'est déjà ça.

C'est à ce moment-là que notre copine la policière débarque. Elle ouvre la cellule de Zayn sans un mot, et le fait sortir.

—Vous allez où ? ne puis-je m'empêcher de demander quand ils s'en vont sans moi.

Son vol aurait-il été avancé ?

—On est pas en colonie de vacances, ici, répond-elle sans se retourner.

Je colle mon visage aux barreaux tellement fort que mon visage doit être strié de rayures, à l'heure qu'il est. Zayn se retourne et me regarde, l'air de dire « ça va aller ». Sauf que ça va pas du tout, là. Je ne sais pas où ils l'emmènent, et ça me rend folle.

C'est là que je me rends compte que c'est ce qu'ils veulent. Ils comptent sur moi pour que je panique et que je leur dise ce qu'ils veulent entendre. Et pendant un moment, j'hésite à leur mentir, à leur inventer un scénario qui leur conviendrait et me permettrait de retrouver Zayn. Mais si je leur sers cette histoire maintenant, ce serait prouver que j'ai menti par le passé, et ce n'est jamais bon d'être contradictoire face à la police.

Résultat : je ferme ma bouche, et je me contente de prier pour que tout se passe bien.

Ça fait au moins six heures que Zayn a été transféré dans une autre cellule. Je ne pense pas que son vol ait été avancé. Je pense qu'ils nous ont juste séparés pour qu'on trouve le temps plus long.

Franchement ? Ça marche.

Je m'ennuie ferme. Et c'est vrai que sans sa compagnie, non seulement je m'inquiète pour moi, mais aussi pour lui.

Mais hors de question de céder. Il faut que je réfléchisse à un moyen d'éviter que Zayn soit renvoyé en Angleterre.

Il fait nuit quand je commence à vraiment paniquer. Je n'ai pas touché au plateau qu'ils m'ont servi. Il doit être environ 21h30, et là, là, j'ai vraiment peur.

Je colle mon visage aux barreaux pour voir si, miraculeusement, Zayn me serait ramené. Mais personne ne vient. Enfin... pas d'où je pensais.

Je lève la tête en entendant un bruit sourd.

Oh non. Ça y est. Je deviens folle.

—Kenza ? demande alors une voix que je reconnaîtrais entre mille.

CHAPITRE 22

Lya ne pleure pas souvent. Alors, pendant un moment, j'hésite à demander à cette fille ce qu'elle a fait de ma meilleure amie.

—Je suis désolée, renifle-t-elle sur mon épaule. Vraiment, j'ai été affreuse, et je n'ai même pas remarqué que tu étais partie et...

—C'est rien, Lya, rien du tout, lui promis-je, la gorge serrée. C'est moi qui suis désolée. J'ai fait n'importe quoi, Lya.

—Les filles, il faut y aller, là, nous interrompt une voix.

Je me retourne et tombe dénues.

Yuki, Tobias, Ashley, Rebecca et Mamadou sont tous là, sur le toit des quartiers de la police, en train de risquer leur avenir pour venir me chercher. Je ne sais par quel miracle ils m'ont retrouvée.

—Cassandre nous attend dans le van, poursuit Tobias. Il faut qu'on se dépêche.

—Attendez, fais-je brusquement. Où est Zayn ?

—Qui ? demande Yuki.

Et voilà.

—C'est... C'est... Euuh, il était avec moi, expédié-je en me souvenant que le temps presse.

Et c'est là qu'un flic entre dans le couloir.

Il lève la tête et me fixe, éberlué. Je lui accorde que je suis en train de me faufiler par une trappe au-dessus de ma tête, ce qui n'arrive pas tous les matins.

Non, ce qui me dérange davantage, c'est qu'il ne prévient pas tout de suite ses camarades. C'est lui qui conduisait la voiture qui nous amenés ici. Il n'a jamais été méchant avec nous, et ma lancé des regards désolés.

Sa main reste en suspens au-dessus de son talkie-walkie. Mes yeux rétrécissent, je commence à paniquer.

Mes amis derrière semblent hésiter à l'assommer. Faire évader : oui. Assommer un homme, c'est autre chose.

Sauf qu'il allume son talkie.

—Non... Rien à signaler, dit-il d'une voix posée, les yeux toujours rivés sur moi.

Je crois que je vais tomber dans les pommes. Ou que je rêve. Peut-être un peu des deux.

L'officier repart comme si de rien n'était, me laissant le remercier dans un chuchotement.

—Tu sais où il est ? s'enquiert Lya, me ramenant sur Terre.

Je secoue la tête.

—Ils nous ont séparés ce matin, je n'ai aucune idée d'où il peut être.

—T'inquiète, coupe ma meilleure amie en pianotant sur son ordinateur. Alors… Selon leurs rapports, il est dans l'aile sud.

—OK, on y va, alors, décrète Rebecca. Kenza, tu retournes dans le van en vitesse. Yuki, tu vas avec elle.

Je hoche la tête et suis Yuki de mauvaise grâce. Mais je sais que si nous sommes trop nombreux, Zayn ne pourra peut-être pas sortir.

—Viens, chuchote Yuki en se laissant glisser le long d'un tuyau qui nous érafle les mains.

Je me laisse glisser à sa suite. Nous traversons quelques rues et retrouvons Cassandre dans une camionnette grise. J'entre à l'intérieur et m'écroule sur la banquette.

—Merci, merci infiniment, chuchoté-je.

—Tiens, bois ça, m'ordonne Cassandre en me tendant un thermos de thé brûlant.

Yuki jette un énorme plaid sur mes épaules, et je me recroqueville contre la vitre.

—Où sont les autres ? fait Cassandre.

—Partis chercher le copain de Kenza, répond Yuki. D'ailleurs t'aurais pu nous dire qu'il était agent, lui aussi, lance-t-elle avec un sourire.

Je hausse les épaules et souris en avalant mon thé, le nez toujours collé à la vitre en priant. Je veux bien tout lui raconter, tant que Zayn finit par me rejoindre dans le van.

—Baisse la tête, Kenza, fait Cassandre. On ne sait jamais.

Je m'exécute mais garde quand même un œil sur l'extérieur.

—Tu devrais te reposer, au lieu de guetter comme ça, suggère Yuki en remontant un peu plus la couverture sous mon menton.

—J'attends qu'ils arrivent.

—Suffit de demander, fait Cassandre avec un sourire. Allez, c'est parti.

Elle démarre le van dans un ronronnement discret, juste au moment où la portière s'ouvre. Mamadou jette Zayn dans le van sans ménagement, qui s'écrase sur moi.

—Merci bien, marmonne Zayn en se redressant laborieusement.

Avant d'avoir eu le temps de dire ouf, Cassandre lui met un second thermos dans les mains, et commence à rouler lentement dans les ruelles. Elle prend de nombreuses intersections, jusqu'à ce que Rebecca s'agace :

—Allez, magne-toi un peu !

—Désolée de faire mon job correctement, réplique-t-elle.

—Ton job, c'est de conduire le plus vite possible pour qu'on se tire de là, fait remarquer Mamadou sur la banquette derrière la mienne.

—La prochaine fois, tu prendras le volant, poursuit Cassandre d'un ton calme sans changer sa manière de conduire.

—J'espère qu'il n'y aura pas de prochaine fois, dit Lya, elle aussi derrière moi.

—Merci, les amis, dis-je en claquant des dents.

—Oui, on sait, coupe Tobias. Ne gaspille pas le peu d'énergie que tu as.

—Et bois ton thé, ajoute Ashley.

Je hoche la tête et avale une gorgée.

—Tu vas bien ? chuchoté-je à Zayn.

Il fait oui de la tête.

—Et toi ?

—Maintenant, oui. J'allais devenir folle.

—Oui, ils l'ont fait exprès, grommelle-t-il.

—Ouais, je sais. En plus, leur bouffe est immonde.

—Ne m'en parle pas, je meurs de faim.

—Moi aussi.

Nous nous taisons un moment, avalant l'entièreté de nos thermos à petites gorgées prudentes.

Je peine encore à percuter ce qui vient de se passer.

—On retourne à l'Académie ?! m'étranglé-je avec panique quand je reconnais le chemin.

—Non, nous, on y retourne, corrige Cassandre, les yeux toujours fixés sur la route. Malya vous dépose dans un endroit sûr pour la nuit. On avisera demain.

Je pousse un gros soupir de soulagement.

—Soyez prudents, leur recommandé-je quand Cassandre se gare à quelques centaines de mètres du bâtiment.

—Ne t'inquiète pas pour nous, petite tête, lance Mamadou.

—Reposez-vous, surtout, nous dit Ashley en descendant.

—Promis, merci à tous.

Lya, Zayn et moi descendons du van pour emprunter une autre voiture plus petite. Je reconnais la voiture que j'ai louée il y a deux jours pour me rendre sur le lieu du cambriolage... non : sur le lieu de l'embuscade.

—Ne t'en fais pas, je l'ai bricolée avec Cassandre, me rassure Lya en tapotant le capot. Aucun moyen de la retrouver, à ma connaissance.

Je souris et entreprends d'ouvrir la portière. Zayn et moi sommes toujours serrés sous des couvertures. Nous montons sur la banquette arrière pendant que Lya s'installe au volant. Elle la démarre et roule rapidement.

—Je nous ai pris une chambre dans l'hôtel de monsieur super-espion. On doit réfléchir à un endroit sûr pour vous.

—Ce que tu veux, soupiré-je en m'écrasant contre la vitre.

—Comment tu as trouvé l'adresse ? demande Zayn.

—J'ai infiltré les fichiers clients des hôtels du coin et j'ai retrouvé une réservation pour un Anglais arrivé y a trois semaines.

Zayn a l'air impressionné, mais il n'en dit rien.

Lya roule pendant un long moment, jusqu'à s'arrêter sur un trottoir.

—On doit rentrer à tour de rôle.

Nous nous nettoyons le visage pendant quelques minutes et je me tartine de fond de teint avec la trousse à maquillage que Lya a emportée. On n'a carrément pas la même carnation donc j'en mets juste un peu que j'éclaircis avec du fard à paupières. Du coup, je regrette de ne même pas avoir investi dans un fond de teint. Elle me prête également une veste rouge à elle, et jette quelques effets personnels à moi dans un de ses sacs à mains qu'elle me tend.

Zayn commence. On attend ensuite trente-cinq minutes et quarante-deux secondes et on y va toutes les deux.

Lya et moi marchons quelques mètres, à une allure douce pour parfaire notre couverture et nous entrons dans l'hôtel.

—Bonsoir, dit Lya au réceptionniste. On a réservé une suite avec deux lits au nom de Diallo.

Le vieux monsieur nous tend les clés et nous montons dans l'ascenseur.

Arrivées au cinquième, Lya ouvre la porte et nous entrons dans la chambre d'hôtel... ma foi plutôt bien équipée. C'est grand. Il y a salon, cuisine, salle de bains et chambre. Parfait. Dieu merci.

Je fais quelques pas et m'effondre sur le canapé. Je n'ai plus de forces.

—Je fais à manger, prévient Lya.

Je hoche la tête et rassemble toute mon énergie pour attraper le sac de Lya et me diriger vers la salle de bain.

Je prends une douche brûlante, puis enfile un survêtement et un gigantesque pull qui m'arrive presque aux genoux, et ramasse ma tignasse en un gros n'importe quoi au-dessus dc ma tête. Après avoir remercié le Seigneur pour être encore en vie et avec Zayn et

Lya, je prends une paire de grosses chaussettes propres dans le sac et les enfile avant de ressortir.

La pièce est illuminée de toutes parts, et mes yeux peinent à s'accoutumer, après deux jours dans la pénombre.

—Comment ça va, ma petite délinquante ?

—Beaucoup mieux, merci, lui dis-je en la prenant dans mes bras.

Et c'est vrai.

Elle chasse mes remerciements d'un geste de la main.

—C'est rien...

Je me traîne avec Lya au salon et vais allumer la télévision.

J'en lâche la télécommande.

«... l'évasion de deux cambrioleurs de leur cellule de détention provisoire à Lyon. La DGSE les ont identifiés comme répondants aux noms de Kenza Bensalah et Zayn Raj, respectivement vingt et vingt-deux ans. Il semblerait qu'ils soient auteurs de nombreux cambriolages de ce type autour du globe. Une enquête a été ouverte pour les retrouver dans le secteur de Lyon. Tout individu répondant à leur description physique devra être signalé à la police immédiatement... »

Je regarde avec effroi ma photo d'identité s'afficher en gros sur l'écran, à côté de celle de Zayn.

Toc ! Toc !

Je saute sur mon sac pour trouver de quoi me couvrir pendant que Lya va ouvrir à Zayn.

—Vous avez vu les inf...

Il s'arrête en constatant que je garde les yeux fixés sur les informations, qui parlent maintenant des élections municipales.

—On est des hors-la-loi, lâché-je en faisant les cents pas.

—On n'est pas des hors-la-loi, décrète Zayn en éteignant la télé. Laisse-les penser ce qu'ils veulent.

—Oui, détends-toi, Kenza, renchérit Lya.

Le fait qu'ils soient tous les deux du même avis est suffisamment rare pour que je me pose des questions sur le bien-fondé de ma réaction.

Mais je continue de tourner en rond dans la petite pièce.

—Tu ne comprends pas... Mes parents sont persuadés de j'étudie en internat... Quand ils vont voir ça...

Je plaque mes mains sur ma bouche en imaginant leur réaction.

—Ils vont être détruits... Ils vont me renier... Et ils vont sûrement subir une perquisition ct...

—Hey, calme-toi, ça va aller, me dit doucement Zayn.

—Non... Non, ça va pas aller du tout ! T'imagines ce que ça fait de se dire que ses parents sont en pleurs devant la télé en venant de découvrir que leur fille est une criminelle ?!

Il ne me regarde pas et je m'en veux.

Non, il ne sait pas ce que ça fait. Parce que ses parents sont morts. Que Dieu leur fasse miséricorde.

—Désolée, c'est pas ce que je voul..., bredouillé-je.

—Ce n'est pas important, coupe-t-il.

Un silence inconfortable s'installe entre nous, et je me remets à marcher de long en large, incapable de rester en place.

—Vous devriez manger quelque chose, finit par dire Lya au bout d'un moment.

C'est seulement là que je remarque que le repas est prêt. Je secoue la tête et continue de marcher.

—Non... Je peux pas manger... J'ai pas faim...

—On est au-delà de la faim, à ce stade, dit-elle d'un ton autoritaire.

Je suis à deux doigts de m'écrouler dans mon assiette. Lya expire bruyamment, semblant attendre quelque chose.

Je repense à ce qu'on s'est dit en taule et me lance.

—Zayn...

—Hm ? me répond-il d'un air absent.

Je cherche mes mots, je bredouille, je me perds dans des explications vaseuses avant de finalement prendre mon courage à deux mains.

—Je suis vraiment désolée. C'était méchant.

—Tu ne savais pas. Tu n'es pas censée savoir, d'ailleurs, remarque-t-il.

—C'était... C'était pas très difficile à comprendre.

Il ne dit rien, mais je sens l'atmosphère se détendre.

—Je m'en veux terriblement. Tu peux pas savoir à quel point je suis triste pour toi et si je pouvais faire quelque chose je le ferais je t'assure mais voilà je fais des gaffes ça m'arrive souvent, surtout quand je commence à paniquer comme ça et que je peux plus m'arrêter de...

—Kenza !

—...parler, achevé-je avant de reprendre mon souffle. Désolée.

—Je sais tout ça, tu n'as pas besoin de t'excuser, finit-il par dire. Ne t'en fais pas pour moi, ça fait longtemps.

Je cligne des yeux alors qu'il se confie à moi, alors même que je viens de lui transpercer le cœur.

—Tu m'as manqué, lâché-je sans réfléchir.

Alors là, il s'arrête net.

Bien joué, Kenza, très bien joué.

Le silence s'étire tellement que je cherche une bonne raison de m'enfuir. Là, c'est sûr, j'ai vraiment tout gâché.

—Oh... Je... Bien... Tu...

Mes yeux s'écarquillent à mesure qu'il avance dans sa phrase bancale.

—Moi aussi, enfin *toi*, toi aussi...

Je me retiens de rire, vraiment... Mais je n'y arrive pas.

—Ah, merci, ça m'apprendra, grommelle-t-il.

—Non, non, s'il te plaît, ne m'en veux pas, supplié-je, écroulée de rire.

Mais il finit par rire à son tour, et je respire enfin.

Je ne sais pas ce qui se passe dans mon estomac, mais pour l'instant c'est l'heure du repas.

CHAPITRE 23

—Ça va mieux, on dirait, lance Lya quand je m'écroule sur le lit près d'elle.

—Oh oui, *hamduliLlah* !

Je suis épuisée, mais j'ai besoin de parler avec Lya. Elle m'a tellement manqué que j'en ai mal au cœur.

—Je suis vraiment désolée pour ce que j'ai fait, soufflé-je au bout d'un moment. J'ai été...

—Non, c'est moi, me coupe-t-elle. Tout va bien, maintenant, on est ensemble.

Je souris en séchant mes larmes. Je ne suis pas toute seule, et c'est tout ce dont j'ai besoin. Même si je suis recherchée.

—Qu'est-ce qu'on fait, Lya ? soupiré-je. J'ai été d'une stupidité infinie. On s'est fait piégés et je ne sais même pas par qui.

—Je ne sais pas non plus, avoue Lya. Pour moi, rien ne colle.

Nous réfléchissons ensemble un moment, mais j'ai l'esprit tellement embué que je réussis juste à avoir une migraine.

—Dors un peu, Kenza, me dit Lya. Tu te tortures l'esprit pour rien. Après une bonne nuit de sommeil, ça ira mieux, si Dieu le veut.

Je n'ai même pas la force de protester, alors je m'enfouis sous la couette et je dors.

Le lendemain, je ne vais pas particulièrement mieux, mais au moins, je n'ai plus de cernes de trois kilomètres. Dieu merci, ça me suffit.

Après un petit-déjeuner approximatif (en grande partie parce que Zayn estime que le seul petit-déjeuner valable est constitué d'œufs au plat et de merguez et qu'on en a senti l'odeur dans tout le couloir), nous sortons de nos chambres d'hôtel à tour de rôle pour nous retrouver à quelques pâtés de maisons.

—Bon, il faut réfléchir un peu à la suite, dit Zayn en retirant ses lunettes de soleil.

Je hoche la tête, me gardant bien de dire que je ne fais que ça depuis qu'on est arrivés ici, et que je ne comprends pas.

—On s'est fait rouler, décrété-je en triturant ma robe. Quelqu'un nous a mis sur une fausse piste, pour qu'on se fasse arrêter et qu'on arrête de leur traîner dans les pattes.

Zayn s'assoit sur un banc dans le square, mais je me mets à arpenter l'herbe de long en large.

—Mais qui ? marmonne Lya, qui reste debout, elle aussi.

—Résumons, tente Zayn. Qui aurait intérêt à nous envoyer en prison ? À me renvoyer chez moi ?

—Je ne sais pas, dis-je de plus en plus vite. Personne ne savait que je faisais des recherches. Je n'ai jamais vu personne tourner autour des archives...

Puis je me rappelle. Si. Il y avait bien quelqu'un qui tournait autour des archives, le soir où j'ai trouvé le nom de Fox41. Mais ça n'a aucun sens !

—Non, c'est pas ça..., murmuré-je pour moi-même.

—Quoi ? Vas-y, demande Zayn en me fixant d'un air perplexe.

Je fais encore un ou deux demi-tours avant de voir qu'il attend une réponse.

—Qu'est-ce que tu as découvert, dans les archives ?

—Je... Je soupçonnais ma directrice, lâché-je, penaude.

Je vois que Lya se tend, mais elle fait un effort pour ne pas croiser les bras. Elle finit par poser les mains sur ses hanches.

—Dupré ? s'étonne Zayn. Elle était dans l'équipe de Madame Khan, à l'époque. Si vraiment elle était suspecte, Madame Khan m'en aurait déjà parlé. Ta piste a donné quelque cho... ?

Mais je ne l'écoute plus. Je suis dos à lui, et j'aimerais ne jamais avoir à me retourner.

Mon cerveau me repasse des scènes des semaines précédentes tellement vite que je perds le fil.

Madame Khan était avec moi tout le long de mes recherches. Madame Khan m'a fait confiance pour une mission illégale et catastrophique. Madame Khan s'est subitement arrêtée de chercher, et m'a suggéré de faire de même, pile le lendemain de ma découverte sur Madame Dupré. Madame Khan ne m'a plus jamais reparlé de cette enquête, alors que ça semblait de la plus haute importance quelques jours plus tôt. Elle m'a même convaincue de continuer, indirectement, le soir où je m'entraînais, et elle m'a tendu la perche pour que j'aille fouiller les archives.

En multipliant les infractions, je suis devenue la coupable idéale. Il était alors facile de me dénoncer, moi et un mystérieux garçon sorti d'on ne sait où, le soir du présumé cambriolage.

—Kenza ?... Kenza ?

La coupable n'est pas Madame Dupré...

—Kenza !

—Quoi ? sursauté-je.

—Qu'est-ce qui t'arrive ?

Je cligne des yeux, et tente de calmer mon cœur. Je me souviens que Zayn est là et soudain j'ai peur de ce qu'il va penser si je lui annonce. Il pourrait lui confier sa vie, et ça me brise le cœur, de devoir lui annoncer.

J'ai peur qu'il ne fasse plus confiance à personne. Moi y compris.

Je repense à ce que j'ai craché au visage de Zayn, quand on s'embrouillait à la vente aux enchères :

« ...*Et peut-être bien que je vais me faire virer, mais moi, au moins, ma tante m'a pas envoyée dans ce traquenard.* »

Je regrette toujours de lui avoir dit ça, mais je n'arrive pas à croire que c'était vrai.

Parce que la coupable est Madame Khan.

CHAPITRE 24

—Kenza, ça ne me fait pas rire.

Je le sais. Moi non plus, d'ailleurs.

Je fais les cents pas depuis dix minutes, sans trouver le moyen de lui dire. Je n'arrive même pas à le regarder dans les yeux. Je prie pour que Lya dise quelque chose, mais elle laisse le silence s'éterniser.

Et s'il ne me croyait pas ? Et qu'il me détestait ?

Ou s'il me croyait ? Et qu'il s'effondrait ?

Aucune solution ne me semble souhaitable.

—Kenza, qu'est-ce qui se passe ?

Je secoue la tête, baissant les yeux encore plus que d'ordinaire. Il continue de me questionner, mais je me sens tellement hypocrite que j'en ai mal au cœur.

Je ne peux pas lui dire. Pas maintenant, pas comme ça, pas alors qu'on est en cavale à cause de sa saleté de tante.

Je me redresse brusquement.

Sa tante.

Elle sait parfaitement où nous sommes cachés.

—Il faut qu'on se tire, soufflé-je en rassemblant mes affaires.

—Quoi ?

—Maintenant. Ramassez tout. Il faut qu'on file vite d'ici. On ne repasse pas par l'hôtel.

—Mais pourquoi ?

—Je...

Je me déteste de lui demander une chose pareille, mais je le fais quand même :

—Fais-moi confiance, s'il te plaît.

Il me fixe un instant avant de s'exécuter sans un mot.

Je n'ai pas mérité sa confiance. Je suis une belle hypocrite.

Nous ramassons toutes nos affaires en quatrième vitesse.

—Où est-ce qu'on va ? demande-t-il encore.

—Je ne sais pas. Lya, une idée d'hôtel au cours de tes recherches ?

—Y a un minuscule hôtel dans un coin presque pas fréquenté. C'est à hauteur de Rillieux.

Nous marchons de l'air le plus tranquille possible, alors que j'ai envie de pleurer et que Zayn semble se retenir de me hurler dessus, le tout alors que Lya affiche un air au-delà de la gêne.

Nous sortons en ville et je les traîne le plus loin possible de l'hôtel et des caméras. Il faut qu'on trouve une autre bagnole. Un endroit où Madame Khan ne pensera jamais à aller nous chercher...

—L'Académie, soufflé-je alors.

—Quoi ?

—Il faut qu'on retourne à l'Académie. Il n'y a presque aucune caméra, et je suis déjà entrée sans que personne ne s'en rende compte. On peut se cacher vers la maintenance.

—Bon, ça suffit.

Zayn pile net au beau milieu du pont. Le vent souffle plus fort alors qu'on se trouve au milieu du fleuve. Le bruit des voitures me casse les oreilles, mais ça aide à couvrir le bruit de nos conversations.

—Tu ne peux pas nous emmener comme ça sans dire ce qui t'arrive. Alors maintenant, soit tu m'expliques, soit... tu continues sans moi.

Je reste hébétée devant la violence de sa réaction. Il bluffe peut-être, mais ça fait mal. Très mal. Je ne l'aurais jamais cru capable de me faire pareil chantage. Mais à mieux y regarder, je vois un garçon désespéré et impuissant.

Et je n'ai vraiment pas envie de l'achever.

—Eh bien... Tant pis, dis-je en ravalant mes larmes. Il vaut peut-être mieux qu'on se sépare, de toute façon.

—*Quoi ?!*

Cette conversation prend une tournure dangereuse.

—Pourquoi tu te comportes de cette façon ? Dis-moi ce qui ne va pas !

Je l'ai rarement vu perdre son sang-froid depuis qu'on s'est rencontrés. Et ça me dévaste de voir que je suis la cause d'un de ses rares dérapages.

Mais bon, en un sens, ça veut dire qu'il m'aime bien, non ? Alors, bonne nouvelle, j'imagine.

Youpi...

—Je ne peux pas, dis-je en secouant la tête.

—Mais pourquoi ? Je croyais qu'on se faisait confiance.

—Mais c'est pas ça..., soufflé-je, désespérée. Écoute, s'il te plaît, je ne peux pas te le dire, mais il faut que...

—Non, coupe-t-il. J'en ai assez de cette confiance à sens unique.

—Mais je te fais confiance !

—Alors prouve-le-moi. Maintenant.

Je retire mes lunettes de soleil.

—Je te fais confiance depuis le début... (Je me retiens de dire son nom par réflexe, de peur qu'on entende.) Je t'ai cru alors qu'on me disait que tu étais un menteur, je t'ai dit des choses que je n'ai jamais dites à personne, j'ai enfreint un nombre incalculable de règles seulement parce que je te faisais confiance ! Et...

Non. Je ne peux pas lui mentir comme ça. Il a parfaitement le droit de savoir. Mais je suis incapable de lui dire.

Voilà pourquoi il est risqué de faire connaissance avec ses coéquipiers.

Parce qu'ensuite les sentiments prennent le dessus, et on fait mal son job.

—Je pars de mon côté, dis-je au prix d'un effort surhumain. On... On ne devrait même pas rester ensemble.

Il se tait sans comprendre et je suis incapable de continuer cette conversation plus longtemps.

—Je n'ai pas mérité ta confiance, bredouillé-je en remettant mes lunettes de soleil.

Je tourne les talons et m'en vais sans attendre.

—Tu ne peux pas me faire ça ! hurle-t-il dans mon dos. Kenza !

Mais je ne peux pas me retourner. Si je me retourne, je lui avouerai tout. Et là, ce sera bel et bien terminé, cette belle confiance.

Je pleure maintenant à chaudes larmes, et fais de mon mieux pour les essuyer sur ma manche, mais bientôt, je ne vois presque plus ce qu'il y a devant moi. Je continue tout de même à marcher d'un pas vif, faisant claquer mes talons vertigineux sur le sol.

—Kenza ! m'appelle Lya en me rattrapant. Kenza !

Il ne comprend pas ce que je fais, et il m'en veut de le maintenir dans l'ignorance. Il a parfaitement raison, mais je ne peux pas lui faire ça. Je ne peux pas détruire le peu de confiance qu'il éprouve. C'est probablement égoïste de ma part, mais tant pis. Je préfère qu'il me déteste plutôt qu'il n'ait plus foi en personne.

J'espère juste qu'il va se trouver un autre endroit où aller. Et qu'il n'en parlera pas à...

Si. Bien sûr, qu'il va lui en parler.

Je ne sais pas si elle l'a un jour aimé. Mais je sais qu'elle l'a livré à la police sans scrupules, et qu'elle était prête à le laisser pourrir en prison pour le restant de ses jours.

Ce qui est sûr, c'est que là, tout de suite, ce n'est pas très sain.

Il faut que je fasse quelque chose. Mais je ne sais pas quoi.

—Kenza !

Lya me rattrape en courant et me prend par les épaules.

—Kenza ! C'était quoi ça ? Qu'est-ce qui t'arrive ? Qu'est-ce que tu ne peux pas dire ?

Je me dégage lui prends les mains.

—Lya, je ne peux pas te mettre en danger, toi aussi. Je... Tu n'as rien fait, tu n'es pas recherchée, et si tu viens avec moi, ça risque de trop t'impliquer dans cette histoire. On s'est fait piéger, Lya. On s'est fait piéger par quelqu'un qui a du pouvoir à Interpol. Je ne peux pas te dire qui, mais promets-moi de ne rien faire.

—Kenza, c'est de la folie, tu dois me le dire ! Comment je peux te laisser régler ça tout seule ? Je suis allée te chercher en taule, je te signale ! J'ai pas envie de recommencer !

—Mais tu pourrais...

—C'est mon problème, Kenza. On ne refuse pas de l'aide de sa famille.

J'inspire à fond.

—Viens avec moi, alors.

Nous continuons de marcher, prenant la direction du métro. Nous grimpons dedans et descendons à hauteur de l'Académie. Les conduits sont toujours aussi dégoûtants, mais j'ai beaucoup mieux à faire, pour l'instant, comme semer compagnie à ma coéquipière.

Une fois dans notre chambre, Lya m'arrête.

—Kenza, dis-moi.

—Non, c'est trop dangereux. J'y vais et j'y vais toute seule, Lya. J'ai besoin de toi si jamais on me croit pas, mais si tu es avec moi, ça ne servira à rien.

Elle secoue la tête.

—C'est hors de question, Kenza, je ne te laisse pas toute seule !

Je n'en avais vraiment pas envie…

—Promets-moi de prévenir Zayn, si jamais ça tourne mal, dis-je en tendant la main vers ma poche arrière.

Elle fronce les sourcils.

—Comment ça si ça tour…

Pchhht.

Le bruit assourdissant d'un sale coup en bonne et due forme.

Mon amie s'évanouit dans mes bras, et je l'allonge dans son lit. Au moins, on sait que son invention marche bien.

Maintenant, je ne peux plus reculer.

CHAPITRE 25

Il est environ 16 heures, quand je me faufile hors des quartiers des filles. À cette heure-ci, Madame Dupré est d'habitude dans son bureau. Il faut que je réussisse à la voir avant que Madame Khan ne l'embobine, elle aussi.

Je sors dans le couloir et cours le plus vite possible jusqu'au bureau de Madame Dupré. Je cours, je cours, je cours encore plus vite, esquivant tout le monde, ignorant les cris de surprise qui s'éveillent sur mon passage, et je cours jusqu'au bureau. J'enfonce la porte sans toquer, et je m'écrie :

—Madame Dupré, je...

Mais aussitôt entrée, on m'attrape par les bras en m'immobilisant.

—Lâchez-moi ! hurlé-je. Attendez !

Quand je relève les yeux, mon regard tombe sur Madame Dupré, qui ne bouge pas, assise derrière son bureau. Elle a le regard grave, et les mains croisées sur son bureau en inox.

—Kenza Bensalah, vous n'êtes plus la bienvenue dans notre Académie.

On me force à m'asseoir sur une chaise, où mes poignets sont rapidement immobilisés.

—Non, écoutez-moi, s'il vous plaît, supplié-je. Vous ne comprenez pas, il y a...

—Nous vous avons suffisamment écoutée, mademoiselle Bensalah.

Apparaît alors Madame Khan, qui arbore un air neutre, les mains dans le dos, la posture fière. En moi monte une rage jamais éprouvée.

—Vous..., craché-je. Espèce de...

—Silence ! hurle Madame Dupré en tapant sur la table.

—Vous ne devez pas l'écouter ! m'écrié-je. Elle nous mène tous en bateau depuis le début ! Elle...

—Oh, pitié, mademoiselle Bensalah, cette ruse est vieille comme le monde, soupire Madame Khan d'un air suffisant.

—Non, écoutez-moi, dis-je en cherchant le regard de Madame Dupré. S'il vous plaît, vous devez me faire confiance.

—Vous faire confiance ? Alors que vous avez enfreint presque toutes les règles de notre remarquable Académie ? Que vous avez infiltré nos dossiers confidentiels, tenté de commettre un cambriolage, sans doute deux, et accusé un de vos professeurs ? demande Madame Dupré d'une voix impassible. Vous aviez un grand potentiel, Kenza, et je suis extrêmement déçue de voir ce que vous êtes devenue.

La tête me tourne.

—Non, c'est elle, vous devez me croire...

—Kenza Bensalah, reprend la directrice sans m'écouter, vous êtes renvoyée de l'Académie. Par conséquent, nous ne pouvons vous laisser emporter avec vous le secret de notre lieu de formation.

—Quoi ?! Non ! Non, attendez !

Je tire à m'arracher les bras sur le fauteuil qui me retient fermement.

—Attendez ! Vous ne comprenez pas ! Il y a une taupe à l'Académie ! Au secours !

Mais on me colle un mouchoir sous le nez, et avant de comprendre ce qui m'arrive, je sombre dans les ténèbres.

CHAPITRE 26

Ce matin, j'ai la tête lourde. J'ai fait un drôle de rêve.

—Kenza ! appelle ma mère depuis la cuisine. Dépêche-toi ou tu vas être en retard !

—Oui, Mama, réponds-je d'une voix pâteuse.

J'ai mal de partout. Ce qui est assez curieux, parce que je ne fais pas vraiment de sport. Pourtant, on dirait que je viens de faire une séance de quatre heures sans interruption.

Je me prépare rapidement, et je rejoins mes parents dans la petite cuisine de notre appartement pour les saluer.

—Bien dormi, *benti* ? demande mon père.

—Oui... Enfin, je crois, marmonné-je, encore ensommeillée.

—Allez, mange, m'ordonne ma mère en me mettant un bol de céréales sous le nez, que j'engloutis dans rechigner.

Mes parents sont du genre surprotecteurs. Pourtant, quand à vingt ans on habite encore chez ses parents, ils vous jettent un peu dehors, vous cherchent un bon mari. Pas les miens. Mais genre pas du tout. On dirait qu'ils veulent me garder avec eux pour toujours, bien au chaud, pour que je ne grandisse jamais.

Mais je peux toujours étudier.

—J'y vais, dis-je en attrapant mon sac et en sortant de la maison. *Salam !*

Je prends l'ascenseur de mon immeuble en mettant mes écouteurs. Je m'inspecte dans le miroir le temps de descendre les cinq étages. J'ai dû me tartiner d'anticernes, pour tenter de ressembler à un être humain frais et reposé. J'ajuste ma veste en cuir noir, et je sors de la cabine.

Bon, la voiture que mes parents m'ont achetée n'est pas très belle, mais je l'aime bien. De toute façon, je ne vais pas me plaindre, Dieu merci d'avoir une voiture. Je m'installe au volant et mets la musique à fond tandis que je m'élance sur la route de l'université.

Je suis en deuxième année de fac de droit. Honnêtement, ça ne me passionne pas.

Le problème, c'est que je n'ai toujours pas trouvé ma voie, ce que j'aime et ce en quoi je suis douée. Je ne sais pas ce que je veux faire, et je vois défiler les années. Mes parents sont ravis que je fasse du droit, parce que les métiers du droit, ça paie bien. C'est un milieu honorable, c'est vrai mais... j'ai l'impression de passer à côté de ma vraie vocation.

Quand j'arrive à la fac, je suis en retard. Comme d'habitude.

Je me faufile à l'intérieur de l'amphithéâtre, et je sors mon ordinateur portable pour commencer à noter mon cours.

La journée passe lentement.

Mon mal de tête ne passe pas. Je ne sais pas ce que j'ai, aujourd'hui, mais j'ai l'impression d'être à côté de la plaque.

Comme si j'avais oublié quelque chose d'important.

BONUS : DECRYPTEZ LE CODE SECRET DU RESUME

Mais c'est vrai, ça: qu'a donc écrit Kenza à la fin du résumé?

"[...] Parce que même si j'ai passé deux années entières à chercher clandestinement une mission, cette fois, c'est la mission qui m'a trouvée. Et avec elle, un cas encore plus épineux que tout ce à quoi je m'étais préparée.

Et ce cas a un nom: **Wdvcqboy**

Quoi ? Mais bien sûr que c'est codé ! Vous me prenez pour une débutante ?! "

Décryptons ensemble ce code secret !

Il s'agit d'un codage assez connu dans le monde de l'espionnage: **le chiffre de Playfair.** Il a été conçu en 1854 par Charles Wheastone avant d'être promu par Lyon Playfair, d'où son nom.

Cette méthode de chiffrement a été utilisée par l'armée du Royaume-Uni pendant la guerre des Boers et la Première Guerre Mondiale !

La méthode est simple. (L'usage d'un stylo et d'une feuille est conseillé.)

1) La clé de chiffrement doit être un mot de six lettres ou plus dont aucune ne se répète.

Futées comme vous êtes, vous vous doutez bien de quel mot il peut s'agir...

ESPION

2) Maintenant que vous avez la clé de chiffrement, vous allez vous en servir pour réorganiser l'alphabet.

Tracez un tableau de cinq cases sur cinq. Remplissez les premières cases avec notre clé (ESPION), puis complétez le reste du tableau avec les lettres de l'alphabet dans l'ordre, en ommettant les lettres qui ont déjà été écrites.

NB: le "i" et le "j" se trouvent dans la même case.

Vous obtenez le tableau suivant:

E	S	P	I/J	O
N	A	B	C	D
F	G	H	K	L
M	Q	R	T	U
V	W	X	Y	Z

3) Décomposez le code secret en plusieurs groupes de deux lettres.

Wdvcqboy devient alors **Wd vc qb oy** .

4) Pour chaque groupe, cherchez les deux lettres correspondantes.

Si l'on prend le premier groupe "Wd", et qu'on le recherche dans le tableau, on constate qu'il forme un rectangle avec deux autres lettres: "z" en face du "w", et "a" en face du "d".

Les deux premières lettres de notre message décodé sont donc "ZA".

On répète ensuite l'opération pour chaque groupe de lettres.

NB: Les espaces sont remplacés par un "q" ou un "z". Si le message contient un nombre impair de caractères, le codeur ajoutera aussi un "q" ou un "z".

Maintenant, à vous de jouer !

Source : Frary, Mark. "Le chiffre de Playfair". *Fous de codes (secrets)*. FLAMMARION, 2017, pp. 94-95